Schön ist die Jugend

Zwei Erzählungen

von

Hermann Hesse

S. Fischer, Verlag, Berlin

Schön ist das Leben bei frohen Zeiten,
Schön ist die Jugend, sie kommt nicht mehr,
Drum sag ich's noch einmal,
Schön sind die Jugendjahr',
Schön ist die Jugend,
Sie kommt nicht mehr.

Volkslied

청춘은 아름다워

Schön ist die Jugend

헤르만 헤세 지음 | 김세나, 박진권 옮김

더스토리

차례

청춘은 아름다워

Schön ist die Jugend

김세나 옮김

마태우스 삼촌까지도 자기 나름대로의 방식으로 나와의 재회를 기뻐했다. 수년간 객지 생활을 하던 젊은이가 어느 날 제법 의젓한 모습으로 다시 고향으로 돌아온다면, 아무리 미덥지 않아 하던 친척이라도 웃으며 반갑게 손을 내밀기 마련이다.

내 소지품을 담아온 작은 갈색 트렁크는 아직 새것이나 다름없어서, 튼튼한 자물쇠와 반짝이는 가죽끈까지 달려 있었다. 그 안에는 깨끗한 양복 두 벌과 빨랫감이 잔뜩이었고, 새 가죽장화, 책 몇 권과 사진들, 멋진 담배파이프 두 개에 권총도 한 자루 들었다. 또 바이올린 케이스와 자질구레한 생필품들로 꽉 채운 배낭, 모자 두 개, 지팡이, 우산, 가벼운 외투와 고무신도 챙겨왔는데, 전부 튼튼한 새것이었다. 그것 말고도 양복 안주머니에 지금까지 모은 2백 마르크가 넘는 돈과, 외국에 있는 좋은 일자리에서 가을부터 일하라는 내용이 적힌 편지도 넣어 왔다. 어쨌거나, 나는 숫기 없는 문제아로 고향을 떠났다가 오래도록 객지를 떠돈 끝에 마침내 어른이 되어 이렇게 단정한 모습으로 당당하게 고향으로 돌아온 것이었다.

기차는 크게 굽이진 언덕을 내려오며 조심조심 천천히 달렸다. 굽이굽이 돌 때마다 아래쪽에 자리잡은 도시의 집들이며 골목길, 강, 정원 등이 점점 더 가까워지며 선명해졌다. 지붕들이 보이기 시작했고 아는 집들이 눈에 들어왔다. 곧 창문 수도 헤아리고 황새 둥지도 알아볼 수 있었다. 골짜기로부터 나의 유년 시절과 소년 시절, 그리고 수천 개의 소중한 고향의 추억들이 밀려오자, 고향 사람들에게 제대로 한번 으스대고 싶던 허영심은 서서히 녹아내리고, 대신 감격스럽고 감사한 마음이 자리잡았다. 몇 년이라는 시간이 흐르는 동안 잊고 있었던 고향에 대한 향수가 도착을 불과

15분 남기고서 격렬하게 되살아났다. 기차역 승강장 가장자리의 금작화 덤불과 낯익은 정원 울타리 하나하나가 소중하게 와닿았다. 나는 그것들을 그토록 오래 잊고 지워 버렸던 나를 용서해 달라고 마음속으로 빌었다.

기차가 우리 집 정원 위쪽을 지나갈 때였다. 누군가 그 오래된 집의 꼭대기 층 창가에 서서 커다란 손수건을 흔들었다. 분명 아버지일 것이다. 베란다에서도 어머니와 가정부가 서서 손수건을 흔들고 있었다. 지붕의 굴뚝에서는 커피를 끓일 때 나는 옅은 하늘빛 연기가 피어올라 따뜻한 바람을 타고 시가지 너머로 흘러가고 있었다. 나를 기다리고 있던 이 모든 것이 이제 다시 내 것이 되어 나를 반가이 맞아 주었다.

역에서는 텁수룩한 수염의 늙은 역무원이 예전과 다름없이 붉게 달아오른 얼굴로 잔뜩 흥분해서 이리저리 돌아다니며 사람들을 선로 밖으로 밀어댔다. 그 사람들 속에 여동생과 남동생이 끼어 서서 한껏 기대에 부푼 표정으로 내 쪽을 바라보고 있었다. 남동생은 작은 손수레를 끌고 나왔다. 어린 시절 내내 우리가 무척 자랑스럽게 여기던 그 손수레였다. 거기에 내 트렁크와 배낭을 실었다. 프리츠가 앞에서 수레를 끌었고 나는 여동생과 그 뒤를 따랐다. 로테는 내게 머리를 너무 짧게 잘랐다며 잔소리를 하면서도, 콧수염은 그래도 근사하고 새 트렁크도 아주 멋지다고 말했다. 우리는 서로의 눈을 바라보고 웃었고 손을 마주 잡았다가 놓기를 반복했다. 그리고 수레를 끌고 앞장서 가다가 가끔 뒤돌아보는 프리츠에게 고개를 끄덕여 보였다. 프리츠는 그사이 키가 나만큼 컸고 덩치도 커졌다. 프리츠를 뒤따라 걷는 동안, 싸우면서 어린 프리츠를 여러 번 때렸던 기억이 갑자기 떠올랐다. 프리츠의 앳된 얼굴과 상처받은 슬픈 눈이 떠오르자 가슴 아픈 후회가 밀려들었다. 당시에도 화가 가라앉으면 늘 후회했었다. 이제 키도 크고 어른스러워져서 성큼성큼 앞장서 걷는 프리츠의 턱에는 부드러운 금빛 수염이 자라고 있었다.

우리는 벚나무와 마가목이 우거진 가로수길을 통과해 강위로 드리운 다리를 건너갔다. 새로 생긴 상점 하나 말고는 예전 모습 그대로인 여러 집들을 지나쳤다. 그러자 언제나 그랬듯 여전히 창문이 활짝 열린 우리 집이 보이고, 창문 너머로 우리 집 앵무새 소리가 들려왔다. 추억과 기쁨으로 내 심장이 쿵쿵 뛰었다. 서늘하고 어두운 대문 입구를 지나 넓은 석조 현관으로 들어서서 서둘러 계단을 올라가니 아버지가 마중 나와 있었다. 아버지는 내게 입을 맞추고는 웃으면서 어깨를 두드려 주었다. 그러고는 말없이 내 손을 잡고 이층 복도의 문 앞으로 데려갔다. 그곳에 서 있던 어머니가 나를 안아 주었다.

이어서 가정부 크리스티네가 달려와 내게 손을 내밀었다. 커피가 준비돼 있는 거실에서 나는 앵무새 폴리에게 인사를 건넸다. 폴리는 나를 금세 알아보고는 새장 지붕 가장자리에서 내 손가락으로 날아와, 쓰다듬어 달라고 아름다운 잿빛 머리를 조아렸다. 거실은 새로 도배한 것 말고는 조부모님의 사진들과 유리장부터 라일락꽃이 그려진 구식 괘종시계까지 모든 것이 예전 그대로였다. 테이블보가 덮힌 탁자에는 찻잔들이 놓여 있었는데, 내 잔에는 작은 목서초 한 다발이 꽂혀 있었다. 나는 한 송이를 꺼내서 단춧구멍에 꽂았다.

어머니는 내 맞은편에 앉아서 나를 물끄러미 바라보더

니, 우유빵을 내 앞에 놓아주었다. 그러고는 내가 얘기하느라 먹지도 못하겠다며 걱정하면서도 이것저것 계속 물었고 나는 거기에 대답을 해야만 했다. 아버지는 조용히 듣기만 하면서 희끗해진 수염을 쓰다듬으며 안경알 너머로 나를 다정한 눈길로 살폈다.

지나치게 겸손하지는 않게 내가 경험한 것과 해온 일들, 성공에 대해 이야기하면서 나는 이 모든 것이 두 분 덕분이라고 생각했던 것 같다.

첫날에는 나의 오랜 집 이외에 다른 곳은 보고 싶지 않았다. 나머지 다른 것들은 모두 내일이나 나중에 둘러봐도 시간이 충분할 터였다. 커피를 다 마시고는 식구들과 방방마다 둘러보고 부엌과 복도, 그리고 헛간도 살펴보았다. 거의 모든 것이 옛날 그대로였다. 내가 찾아낸 몇 가지 새로운 것들은 다른 식구들에게는 이미 오래되어 당연하게 여겨지고 있던 것이라 옛날에 내가 있었을 때부터 있던 것이 아니냐며 실랑이가 벌어지기도 했다.

산비탈에 담쟁이덩굴 담으로 둘러싸여 있는 소담한 정원에 오후 햇살이 비치면서, 깨끗한 길들이며 울타리들, 반쯤

채워진 물통과 형형색색의 화려한 화단이 환한 웃음을 보이고 있었다. 우리는 베란다에 놓인 편안한 의자에 앉았다. 고광나무의 커다랗고 투명한 잎사귀를 투과한 햇살이 은은하면서도 따사로운 초록빛으로 넘실댔고, 벌 몇 마리는 그 빛에 취해 길을 잃고 무겁게 붕붕거리고 있었다. 아버지가 모자를 벗고 내 귀향을 감사하는 주기도문을 외웠다. 우리는 두 손을 모은 채 조용히 서 있었다. 익숙하지 않은 엄숙한 분위기가 조금 부담스러웠지만 그래도 나는 오래된 기도의 말씀을 기쁘게 들으며 감사하는 마음으로 함께 "아멘" 하고 말했다.

그러고 나서 아버지는 서재로 들어가고, 동생들은 밖으로 나갔다. 주위가 매우 고요해졌다. 나는 어머니와 단둘이 탁자를 사이에 두고 앉아 있었다. 내가 아주 오랫동안 고대했던 동시에 두려워하기도 했던 그런 순간이었다. 나위 귀향을 모두 기뻐하며 환영해 주었지만, 지난 몇 년간의 내 생활이 깨끗하고 순수하지만은 않았기 때문이었다.

이제 어머니는 아름답고 따뜻한 눈으로 내 표정을 살피며, 무슨 말을 하고 또 어떤 질문을 해야 할지 생각하는 듯했다. 나는 어색해서 어쩔 줄 몰라 말없이 손가락만 만지작만지작하며 시험을 치를 각오를 했다. 전체적으로는 그렇게까지 수치스럽진 않겠지만 하나씩 뜯어보면 상당히 부끄러운 결과가 나올지도 모르는 시험이었다.

어머니는 한동안 내 눈을 가만히 들여다보더니 작고 고운 두 손으로 내 손을 잡았다.

"아직도 가끔 기도하니?"

어머니가 조용히 물었다.

"요즘에는 안 해요"

나는 그렇게밖에 말할 수 없었다. 어머니는 약간 걱정스레 나를 바라보았다.

"다시 하게 되겠지."

"아마도요."

한동안 침묵하던 어머니가 마침내 물었다.

"그래도 바른 사람이 되고 싶을 거야, 그렇지?"

나는 그렇다고 대답할 수 있었다. 어머니는 곤혹스런 질문을 던지는 대신 내 손을 쓰다듬으며 고백 같은 것을 하지 않아도 나를 믿는다는 듯 고개를 끄덕였다. 그러고는 옷이며 빨랫감은 어떻게 했느냐고 물었다. 지난 2년 동안 세탁하거나 수선해달라며 집으로 보내는 것 없이 내가 다 알아서 처리했기 때문이었다.

"내일 전부 같이 살펴보자꾸나."

그간의 사정을 들은 어머니가 말했고, 그것으로 모든 시험이 끝났다.

곧이어 여동생이 나를 데리러 들어왔다. '아름다운 방'에서 누이는 피아노 앞에 앉아 옛날 악보들을 꺼냈다. 내가 오랫동안 한 번도 듣지도, 부르지도 않았지만 잊어버리지 않고 있던 노래들이었다. 우리는 슈베르트와 슈만의 가곡들을 부른 다음, 저녁을 먹기 전까지 질허* 노래집을 꺼내 독일과 외국의 민요들을 불렀다. 여동생이 식탁을 차리는 동안 나는 앵무새와 놀았다. 폴리는 여자 이름이지만 수놈이어서 '폴리 군'이라고도 불렸다. 폴리는 이런저런 말을 할 줄 알았는데, 우리 가족의 목소리와 웃음소리를 흉내내기도 하고 또 우리 식구 한 사람 한 사람과 엄격한 서열이

---

* 〈로렐라이〉의 작곡가로, 독일 민요를 수집하고 보급하는 데 큰 공을 세웠다.

정해진 특별한 우정을 맺고 있었다. 제일 가까운 사이는 아버지로서, 아버지가 시키는 것은 무엇이든 했다. 그 다음이 남동생, 그 다음이 어머니, 그 다음이 나였고, 가장 마지막이 여동생으로서, 여동생에 대해서는 아예 믿음이 없었다.

폴리는 우리 집에서 키우는 유일한 동물이었고, 우리에겐 지난 20년간 자식이나 다름없었다. 폴리는 대화, 웃음, 음악을 사랑했지만 너무 가까이에서 소리가 들리는 건 싫어했다. 혼자 있는데 옆방에서 시끌벅적한 소리가 들리면 폴리는 유심히 엿듣고 있다가 함께 이야기하면서 그 특유의 유쾌하게 비꼬는 투로 크게 소리내어 웃었다. 그리고 가끔 그 누구의 주목도 받지 않고 쓸쓸히 나뭇가지에 앉아 있을 때, 주변이 조용해지고 햇살이 따사롭게 방을 비추면, 폴리는 낮고 편안한 목소리로 삶을 칭송하고 신을 찬양하기 시작했다. 피리 소리와 비슷한 그 소리는 마치 혼자 놀고 있는 아이의 입에서 저절로 흘러나오는 노래처럼 그렇게 즐겁고 따뜻했으며 진심이 담겨 있었다.

저녁을 먹은 후에 30분쯤 정원에 물을 주며 시간을 보냈다. 옷이 젖고 지저분한 꼴로 다시 집 안에 들어섰을 때 복도에서부터 마냥 낯설지는 않은 소녀의 목소리가 들려왔다. 나는 서둘러 손수건으로 젖은 손을 닦고 방으로 들어갔다. 보라색 원피스를 입고 챙 넓은 밀짚모자를 쓴 키가 큰 아름다운 소녀가 앉아 있었다. 그녀가 나를 보고 일어나서 손을 내밀었을 때 나는 그녀가 여동생의 친구인 헬레네 쿠르츠라는 것을 알아차렸다. 내가 예전에 한때 사랑에 빠졌던 소녀였다.

"날 알아보겠어요?"

내가 유쾌하게 물었다.

"집에 돌아오셨다는 얘기, 로테한테서 벌써 들었어요."

그녀가 상냥하게 말했다. 그냥 그렇다고만 대답했으면 훨씬 더 기뻤을 텐데. 그녀는 키가 부쩍 크고 정말 예뻐졌다. 그녀가 어머니와 로테와 함께 이야기를 나누는 동안, 나는 무슨 말을 더 해야 할지 몰라 꽃이 있는 창가로 갔다.

내 눈은 거리를 향하고 내 손가락은 제라늄 잎사귀를 만지작거렸지만, 내 생각은 다른 곳에 가 있었다. 시리도록 푸르렀던 겨울 저녁이 눈앞에 그려졌다. 나는 웃자란 오리나무 관목 사이의 강에서 스케이트를 타고 있었는데, 소심하게 반원을 그리며 저 멀리서부터 한 소녀를 쫓아가는 중이었다. 그 소녀는 아직 스케이트를 제대로 탈 줄 몰라서 친구가 끌어주고 있었다.

예전보다 더 풍성하고 깊어진 그녀의 목소리는 내게 가까운 듯하면서도 낯설게 다가왔다. 그녀는 어엿한 숙녀가되어 있었다. 그래서 나는 더 이상 그 옆에 나란히 설 수가없을 듯했고 같은 또래라는 느낌도 들지 않았다. 나는 여전히 열다섯 살 철부지 같았다. 그녀가 돌아갈 때 나는 그녀에게 다시 손을 내밀고, 장난치듯이 불필요하게 몸을 깊이 숙여 인사했다. "안녕히 가십시오, 쿠르츠 양."

나중에 내가 여동생에게 물었다.

"집으로 갔을까?"

"그럼 거기 말고 어딜 가겠어?"

나는 더 이상 그에 대해 얘기하고 싶지 않았다.

10시 정각에 우리 집 문이 닫혔고 부모님은 잠자리에 들었다. 굿나잇 키스를 하며 아버지는 내 어깨에 손을 얹고는나지막하게 말했다.

"네가 다시 집에 돌아와서 참 좋구나. 너도 기쁘지?"

모두 잠자리에 들었다. 가정부도 한참 전에 밤 인사를 하고 들어갔다. 문들이 몇 번 열렸다 닫히는 소리가 들리더니 온 집안이 깊은 밤의 고요에 잠겼다.

그러나 나는 미리 차갑게 해놓은 맥주를 가져와서 내 방 탁자에 놓았다. 우리 집은 거실에서 담배를 피우지 않았기 때문에, 이제야 파이프를 채우고 불을 붙였다. 내 방의 창문 두 개는 어둡고 고요한 마당을 향해 나 있었고, 그 마당의 돌층계를 올라가면 정원이 나왔다. 그곳에서 나는 하늘 높이 검게 솟아 있는 전나무와 그 위로 반짝거리는 별을 바라보았다.

1시간이 넘게 흘렀다. 램프 주위로 솜털이 가득한 작은 나방들이 날아다니는 것을 보며 열려 있는 창문 쪽으로 천천히 담배 연기를 내뿜었다. 고향과 어린 시절의 수많은 추억이 길고 아련하게 마음속을 연이어 스쳤다. 커다랗지만 소리 없는 그 한 무더기의 추억들은 파도처럼 높아져서 환한 빛을 내며 반짝거리다가 다시 사라졌다.

다음날 아침 나는 제일 좋은 양복을 골라 입었다. 고향과 많은 오랜 지인들에게 근사하게 보이고 싶기도 했고, 또 그동안 내가 잘 지냈고 초라한 꼴로 고향에 돌아온 게 아니라는 확실한 증거를 보여주고 싶기도 했기 때문이다. 고향의 좁은 골짜기 위로 햇살 가득한 여름 하늘이 눈부시도록 파랗게 빛났고, 큰길은 먼지가 살짝 일어서 뽀얗게 보였다. 근처 우체국 앞에는 산골 마을에서 온 우편마차들이 서 있었고, 골목길에서는 어린아이들이 구슬과 털실 공을 가지고 놀고 있었다.

나는 맨 먼저 이 작은 도시에서 가장 오래된 건축물인 낡은 돌다리를 건넜다. 예전에 수천 번 지나다녔던 다리 옆 고딕 양식의 작은 예배당이 보였다. 난간에 기대어 물살이 센 푸른 강물을 내려다보며 이리저리 살펴보았다. 박공벽에 하얀 물레방아가 돌아가고 있던 낡고 아늑한 방앗간이 사라지고, 그 자리에 커다란 벽돌 건물이 새로 들어서 있었다. 그것 말고는 다른 것은 하나도 달라진 것이 없었다. 예전처럼 수많은 거위와 오리가 무리지어 물 위를 이리저리 떠다니고 강가에서 돌아다니고 있었다.

다리를 건너 나는 첫 번째 지인을 마주쳤다. 피혁공이 된

동창생이었다. 그는 반들거리는 오렌지색 앞치마를 두르고 있었는데, 나를 전혀 알아보지 못하고 탐색하듯이 바라보았다. 나는 기분 좋게 고개를 끄덕여 보이고는 산책하듯이 계속 걸어갔다. 그사이 그는 나를 유심히 바라보며 계속해서 누굴까 고민하고 있었다. 구리 대장간의 작업장 창가를 지나가면서는 흰 수염이 성성한 대장장이 할아버지에게 인사를 건넸다. 그러고는 옆 작업장에서 일하는 선반 세공장이와 눈이 마주쳤는데, 녹로를 돌리던 그는 내게 코담배를 권했다. 이어서 나는 커다란 분수와 낯익은 시청이 있는 광장으로 갔다. 거기에는 서점이 있었다. 비록 그 늙은 주인은 몇 년 전 내가 그에게 하이네*의 작품들을 주문한 것 때문에 나에 대해서 나쁜 소문을 퍼뜨렸었지만, 나는 그래도 안으로 들어가 연필 한 자루와 그림엽서 한 장을 샀다. 거기에서 학교까지는 그리 멀지 않았다. 그래서 나는 그 앞을 지나가면서 낡은 학교 건물을 바라보았다. 교문가에서 익숙한 살

---

* 하인리히 하이네(1797~1856)는 독일의 서정 시인인데, 유대인 태생으로 독일의 속물 근성을 비판해서 독일 민족주의자들로부터 격렬한 비난을 받았다. 그의 작품을 읽는 것만으로도 보수세력의 지탄을 받았다.

벌한 학교 공기가 느껴지는 바람에, 숨을 내쉬면서 교회와 목사관 쪽으로 뛰어갔다.

　이 골목 저 골목을 좀 더 돌아다니다가 이발소에서 면도를 하고 나니 10시였다. 마태우스 삼촌을 방문할 시간이 된 것이다. 호화스러운 마당을 지나 근사한 집 안으로 들어간 나는 서늘한 복도에서 바지의 먼지를 털고 거실 문을 가볍게 두드렸다. 안에서는 숙모와 사촌누이 둘이 바느질을 하고 있었다. 삼촌은 이미 가게에 나가고 없었다. 집 안 구석구석이 깨끗했고 고풍스러운 분위기가 났다. 다소 엄격하면서도 실용적인 것을 추구하는 성향이 너무 분명하게 드러났지만 그래도 밝고 믿음이 갔다. 이 집에선 늘 쓸고 닦고 빨고 꿰매고 뜨고 짜고 있다는 건 두말할 필요도 없었지만, 그럼에도 사촌누이들은 시간을 내어 훌륭한 음악을 연주하곤 했다. 둘 다 피아노를 치고 노래를 불렀는데, 최근 작곡가들은 잘 몰라도 헨델, 바흐, 하이든, 모차르트에 관한 한은 누구보다도 더 일가견이 있었다.

　숙모가 뛰어나와 반겨 주었고, 사촌누이들은 하던 바느질을 마저 끝내고 나서 내게 악수를 청했다. 뜻밖에도 나는 귀한 손님 대접을 받으며 잘 꾸며진 응접실로 안내되었다. 게다가 베르타 숙모는 내가 사양하는데도 포도주 한 잔과 다과까지 내놓았다. 그러고는 내 맞은편 화려한 의자에 앉았다. 사촌누이들은 바깥 거실에서 일을 계속했다.

인자한 어머니와 어제 못다 치른 시험의 일부를 이제 여기서 치르게 되었다. 하지만 여기에서도 나는 부족한 면들을 그럴싸하게 포장해서 말할 생각은 없었다. 명망 있는 설교자들의 인품에 원래부터 큰 관심이 있던 숙모는 내가 살았던 여러 도시의 교회와 목사들에 대해 자세히 물었다. 사소한 몇 가지 불쾌한 일들은 선의로써 다 극복한 후 우리는 10년 전 세상을 떠난 유명한 성직자의 죽음을 한탄했는데, 만약 그가 살아 있었다면 나는 슈투트가르트에서 그의 설교를 들었을 수도 있었을 것이다.

이어서 내 운명, 내가 겪은 일들과 앞날의 전망에 대한 이야기가 나왔다. 우리는 내가 운이 좋았고 그래서 순탄한 길을 걸어온 편이라고 여겼다.

"6년 전만 해도 이걸 누가 생각이나 했겠니!"

"그때 제가 그 정도로 엉망이었나요?"

나는 되물을 수밖에 없었다.

"꼭 그런 건 아니야, 그건 아니란다. 그래도 그때 부모님 속을 어지간히 썩였지."

나는 "저도 속상했어요"라고 말하고 싶었지만, 사실 숙모 말이 옳았다. 게다가 다 지나간 일로 굳이 다시 다투고 싶지도 않았다. 그래서 나는 진지하게 고개를 끄덕이며 이렇게 말했다.

"그 말씀이 옳아요."

"그런데 넌 안 해본 게 없구나."

"당연하죠, 숙모. 하지만 후회되는 일은 하나도 없어요. 지금 하는 일도 오래 계속할 생각은 아니고요."

"그럼 안 되지! 그게 진심이니? 그렇게 좋은 자리를 얻었는데? 한 달에 거의 2백 마르크잖니. 그게 젊은 사람한테는 얼마나 큰돈인데."

"얼마나 오래갈지 어떻게 알겠어요, 숙모."

"누가 그런 쓸데없는 소리를 하든! 너만 착실히 일하면 오래 계속할 수 있을 거란다."

"네, 그러길 바라야죠. 그럼 전 이만 리디아 고모할머니를 올라가서 뵙고, 삼촌 사무실에도 가봐야겠어요. 나중에 또 뵈어요, 베르타 숙모."

"그래, 잘 가라. 반가웠단다. 다음에 한번 더 들르렴!"

"네, 그럴게요."

나는 거실에 있던 사촌누이들에게 잘 있으라고 말하고 방문 앞에서 숙모에게 다시 인사했다. 그런 다음 넓고 환한 계단을 올라갔다. 안 그래도 옛날 공기를 들이마시는 느낌이었는데, 그 느낌이 이제 한층 강렬해졌다.

위층에는 여든 살의 고모할머니가 작은 방 두 개를 차지하고 살고 있었는데, 옛날처럼 살갑고 따뜻하게 나를 맞아주었다. 방 안에는 수채화로 그린 증조부모님의 초상화와 유리구슬을 수놓은 작은 깔개가 있었고, 그 위로는 꽃다발과 풍경이 그려진 주머니, 타원형 액자가 걸려 있었다. 백단목 향기와 오래된 연한 향수 냄새가 떠돌았다.

리디아 고모할머니는 아주 단출한 짙은 보라색 옷을 입고 있었는데, 눈이 어둡고 살짝 체머리를 흔드는 것만 빼고는 놀라우리만큼 정정했다. 고모할머니는 나를 좁고 기다란 소파에 앉히고는, 예전 할아버지 시절 이야기 같은 것은 꺼내지 않고 내 생활과 내 생각 등에 대해 물어보면서 내 이야기에 온전히 관심을 쏟아부었다. 그렇게나 나이가 많고 또 그렇게나 아득한 태고의 체취와 용모를 지녔으면서도 고모할머니는 불과 2년 전까지만 해도 자주 여행을 다녔었고, 그리고 전적으로 동의하지는 않더라도 요즘 세상에 대해서 명확하고 악의 없이 이해하면서 참신하게 받아들이거나 의견을 보태기도 했다. 그러면서 고모할머니는 조곤조곤 재미있게 대화를 끌어갈 줄도 알아서, 누구든 고모할머니 옆에 앉아 있으면 이야기가 끊임없이 이어졌고 늘 어떤 식으로든 재미있고 유쾌했다.

헤어질 때 고모할머니는 내게 키스를 해주며 다른 누구에게서도 볼 수 없었던 축복의 몸짓으로 나를 보내주었다.

마태우스 삼촌의 가게로 찾아가니 삼촌은 신문과 카탈로그들을 보고 있었다. 나는 자리에 앉지 않고 바로 다시 가겠다고 했는데, 이런 나의 생각에 삼촌은 별다른 반대를 하지 않았다.

"그래, 다시 돌아온 게냐?"

"네, 잠시 들렀어요. 오랜만에 뵙습니다."

"요즘에는 잘 지낸다면서?"

"네, 덕분에요. 고맙습니다."

"우리 집사람한테도 인사하는 거 잊으면 안 된다, 알았지?"

"숙모님께는 벌써 다녀왔는걸요."

"그래, 잘했다. 그럼 다 된 거구나."

그러고는 다시 장부를 내려다보며 내게 손을 내밀었다. 삼촌이 내 방향으로 대충 손을 내밀기에, 나는 얼른 그 손을 잡아주고는 기분 좋게 밖으로 나왔다.

그것으로 이제 공식적인 방문은 모두 끝이 났다. 나는 밥을 먹으러 집으로 갔는데, 나를 환영하는 의미로 쌀밥과 송아지고기가 나왔다. 식사 후 동생 프리츠가 나를 자기 방으로 데려갔는데, 유리 뚜껑이 덮인 내 어릴 적 나비 수집판이 벽에 걸려 있었다. 여동생이 함께 수다를 떨고 싶어서 방문을 열고 고개를 빼꼼 들이밀었지만, 프리츠는 무게를 잡고 손을 내저었다. "안 돼. 우리끼리 할 얘기가 있어."

그러더니 동생은 나를 평가하듯 바라보았다. 내 얼굴에서 충분한 긴장감이 느껴지자, 동생은 침대 밑에서 상자를 꺼냈다. 함석판 뚜껑이 묵직한 돌들로 눌려 있었다.

"이 안에 뭐가 들었게?"

동생이 조용하면서도 음흉한 목소리로 물었다. 나는 우리가 옛날에 좋아하던 것들과 즐겨 하던 놀이들을 곰곰이 떠올려보고는 소리쳤다.

"도마뱀!"

"아니야."

"유혈목이?"

"땡!"

"애벌레?"

"아니, 살아 있는 건 아냐."

"아니라고? 그럼 상자를 왜 이렇게 잘 모셔놨는데?"

"애벌레보다 위험한 거거든."

"위험해? 아하, 화약이구나?"

동생은 대답하는 대신에 뚜껑을 열었다. 상자 안에는 다양한 크기의 화약과 목탄, 뇌관, 심지, 작은 유황덩어리, 질산칼륨과 고운 철가루가 담긴 종이갑 등이 들어 있어, 마치 중요한 병기창고 같았다.

"자, 소감이 어때?"

내가 아는 아버지는 아들 방에 이런 것들이 든 상자가 있는 걸 알았다면 하룻밤도 제대로 잠들지 못할 사람이었다. 하지만 프리츠는 나를 놀래준 것이 너무 기쁘고 신나서 웃고 있었고, 그런 동생 앞에서 이런 생각을 밝히기가 조심스러웠다. 그리고 금세 나까지 동생의 설득에 넘어가서 걱정은 잊어버렸다. 이미 도의적으로는 공범자가 된 나는 견습생이 퇴근 시간을 기다리듯 그렇게 폭죽놀이를 고대하고 있었다.

"형도 같이 할래?"

"당연하지. 우리 저녁때 정원에 나가서 한번 해 보면 안 될까?"

"물론 되지. 최근에 내가 저기 풀밭에서 화약 반 파운드로 폭죽을 만들어서 터트려 봤는데, 지진 난 것처럼 쾅 터지더라구. 덕분에 지금 한 푼도 없어. 개구리 폭죽이며 이것저것 만들어 보려면 아직 필요한 게 잔뜩 있는데……."

우리는 작은 불꽃이 탁탁 튀는 폭죽을 개구리 폭죽이라고 불렀다.

"내가 1탈러* 줄게."

"고마워, 형! 그럼 로켓이랑 커다란 개구리 폭죽까지 만들 수 있겠다."

"그래도 조심해, 알았지?"

"조심하라니! 난 한 번도 사고 낸 적 없어."

내가 열네 살 때 폭죽놀이를 하다가 하마터면 시력은 물론 목숨까지 잃을 뻔한 위험한 사고를 냈었던 걸 비꼬는 말이었다.

프리츠는 비축해 두었던 것들과 새로 만들기 시작한 것들을 내게 보여주고 몇 가지 새로운 실험과 발명품에 대해 털어놓았다. 그리고 내게 보여줄 것들이 또 있는데 거기에 대해선 당분간은 비밀로 해야 한다며 내 호기심을 자극했다. 그러는 동안 점심시간이 끝나서, 프리츠는 가게로 돌아가야 했다. 프리츠가 가고 나서 그 비밀상자의 뚜껑을 다시 덮어 침대 밑에 넣어두기가 무섭게 로테가 와서 아버지와 함께 산책을 가자고 했다.

---

* 15~19세기에 사용되던 독일의 옛 은화로 약 3마르크에 해당한다.

"네가 보기에 프리츠는 어떤 것 같더냐? 녀석, 많이 컸지 않았든?"

아버지가 물었다.

"그럼요."

"제법 철도 들었고, 안 그러냐? 이제 막 애티를 벗는 참이다. 그래, 이제 내 자식들이 다 컸구나."

그렇다고 나도 생각하면서 조금 부끄러웠다. 그런데 정말로 화창한 오후였다. 밭에는 양귀비꽃이 붉게 타오르고 선옹초가 미소 짓고 있었다. 우리는 천천히 산책하면서 정말로 즐거운 이야기만 나누었다. 익숙한 정든 길과 숲 가장자리, 과수원들이 내게 인사하며 손짓했다. 지나간 시간들이 떠올랐는데, 모든 것이 훌륭하고 완벽했던 것처럼 그렇게 정겹게 빛나고 있었다.

"그런데 있잖아, 나도 물어볼 게 있어."

로테가 말을 꺼냈다.

"내 친구를 우리 집에 몇 주간 초대했으면 하거든."

"아, 어디에서 오는데?"

"울름에서. 나보다 두 살 많아. 오빠 생각은 어때? 오빠가 지금 우리 집에 와 있으니까 오빠가 우선이잖아. 그러니까 오빠가 손님 오는 게 싫으면 그렇다고 이야기만 해주면 돼.”

“어떤 친구인데?”

“교사 시험을 봤고…….”

“맙소사!”

“맙소사 할 게 아니야! 아주 좋은 사람이고 또 조금도 고리타분하지 않아. 전혀 안 그래. 교사가 되지도 않았어.”

“왜 안 됐는데?”

“그건 오빠가 직접 물어봐.”

“그럼 네 친구가 온다는 거네?”

“어린애처럼 왜 그래! 오빠한테 달렸다니까. 오빠가 우리끼리 있고 싶다고 하면 걔는 다음에 오면 돼. 그래서 물어보는 거야.”

“단추 수 세어봐서 결정하자.”

“그럴 거면 그냥 좋다고 해.”

“그래, 좋아.”

“알았어. 그럼 내가 오늘 중으로 편지 쓴다!”

"내 인사도 전해주고."

"안 좋아할 것 같은데."

"참, 그 친구 이름은 뭐야?"

"안나 암베르크."

"암베르크는 좋다. 그런데 안나는 성녀 이름이라서 좀 고루하네. 짧게 줄여서 부를 수도 없잖아."

"차라리 아냐슈타지아면 더 좋겠어?"

"응, 그럼 슈타지 아니면 슈타젤이라고 줄여 부를 수 있잖아."

그러는 사이 우리는 맨 마지막 언덕 꼭대기에 도착했다. 아까 산중턱에서는 가까워 보였었는데 도착하기까지 생각보다 시간이 더 걸렸다. 바위에서 보니, 우리가 지나온 유난히 좁고 가팔랐던 들판 너머로 좁은 골짜기 깊숙이 도시가 자리잡고 있었다. 그리고 뒤로는 물결처럼 높았다 낮았다 하는 땅 위에 시커먼 전나무 숲이 끝없이 펼쳐져 있고, 드문드문 좁은 목초지와 밭이 약간 보였는데, 그 검푸른 빛깔이 강렬하게 빛나고 있었다.

"역시 여기보다 더 아름다운 곳은 아무 데도 없어요."

나는 생각에 깊이 잠겨 말했다. 아버지가 미소를 지으며 나를 바라보았다.

"네 고향이니까. 그리고 여기가 아름다운 것도 사실이고."

"아버지, 아버지 고향은 더 아름다워요?"

"아니. 하지만 어릴 때 살았던 곳은 모두 아름답고 성스럽게 느껴지는 법이란다. 고향이 그립지는 않던?"

"왜요, 가끔 그랬죠."

근처에 어렸을 때 이따금 작은부리울새를 잡던 숲이 있었다. 그리고 조금 더 떨어진 곳에는 어릴 때 우리가 돌로 만들었던 성의 흔적이 아직 남아 있을 게 분명했다. 하지만 아버지가 피곤해 해서 우리는 잠시 쉬었다가 발길을 돌려 다른 길로 내려왔다.

나는 동생에게 헬레네 쿠르츠에 대해서 몇 가지 더 듣고 싶었지만 내 마음을 들킬까봐 두려워서 감히 물어볼 엄두가 나지 않았다. 고향에서 느긋하게 쉬면서 몇 주간 빈둥거리며 휴가를 보낼 수 있겠다는 즐거운 생각 속에, 내 젊은 마음은, 점점 솟아오르는 그리움으로 그리고 조금만 더 좋은 기회만 오면 될 것 같은 사랑의 계획으로 흔들리고 있었다. 하지만 지금 내겐 바로 그 기회가 없었고, 속으로 그 아름다운 소녀의 모습을 떠올릴수록 그녀나 그녀의 상황에 대해 물어볼 용기가 나지 않았다.

천천히 집으로 돌아가며 우리는 들길 가에서 커다란 꽃다발을 몇 개 만들었는데, 그건 한참 전부터 더 이상 연습하지 않았던 나의 일종의 예술 활동이었다. 우리 집에서는 어머니가 방마다 화분을 놓아두었을 뿐만 아니라 모든 테이블과 서랍장 위에 언제나 싱싱한 꽃다발을 올려두었던 게 전통처럼 되었다. 소박한 꽃병과 유리병, 항아리가 세월이 흐르면서 점점 늘어났고, 우리 형제자매는 산책을 다녀올 때면 꽃이나 고사리, 나뭇가지 없이 빈손으로 돌아오는 경우가 거의 없었다.

나는 내가 몇 년 동안 들꽃이라고는 아예 보지도 못했던 것 같은 느낌이 들었다. 왜냐하면 그림 감상을 하는 기분으로 천천히 거닐면서 들꽃을 푸른 들판 속에 피어난 다채로운 색상의 섬으로 여기면서 바라볼 때와, 무릎을 구부리며 몸을 굽혀 꽃송이를 하나하나 들여다보면서 제일 예쁜 것을 고르려고 할 때가 서로 완전히 달라 보였기 때문이었다. 나는 한구석에 숨은 작은 식물을 발견했는데, 그 꽃을 보니 학창 시절의 소풍이 생각났다. 어머니가 특별히 좋아하거나 이름을 만들어 붙여준 꽃도 있었다. 그 모든 것이 그대로였고, 그 하나하나가 내게 추억을 떠올리게 했다. 푸르고 노란 꽃받침들마저 즐거웠던 내 어린 시절을 눈앞에 새삼 되살려 놓았다.

우리 집에서 '연회실'이라 불리는 곳에는 거친 전나무로 만든 높다란 책장이 여러 개 있는데, 그 안에는 할아버지 때부터 전해오는 장서가 무질서하게 약간은 방치된 채로 이리저리 뒹굴고 있었다. 어릴 때 나는 거기서 경쾌한 목판화가 실린 누렇게 변색된 《로빈슨 크루소》와 《걸리버 여행기》를 찾아내 읽었고, 그러고 나서는 항해사와 탐험가에 관한 옛날이야기들을, 나중에는 《지그바르트, 어느 수도원 이야기》, 《신新 아마디스》,*《젊은 베르테르의 슬픔》, 그리고

---

*16세기 초의 스페인 기사도 이야기의 주인공이다.

오시안*의 작품들 등 교양 수준이 높은 문학책도 많이 읽었다. 그 다음에는 장 파울, 슈틸링, 월터 스콧, 플라텐, 발자크와 빅토르 위고를 비롯해 라바터의 관상학 소형판, 몇 년 치 연재물을 모아놓은 아기자기한 연감들, 문고판 도서들, 그리고 국민달력도 읽었는데, 오래된 국민달력에는 호도비에키의 동판화가, 나중에 나온 것들에는 루트비히 리히터의 삽화가 실려 있었고, 스위스 달력에는 디스텔리의 목판화들이 들어 있었다.

나는, 음악 연주가 없거나 프리츠와 함께 폭죽을 만드느라 함께 앉아 있는 경우가 아니라면, 이 보물창고 속 장서들 중에서 아무거나 하나를 골라 내 방으로 가져갔다. 그러고는 과거에 조부모님이 읽으면서 열광하고, 한숨 쉬고, 또 깊이 사색에 잠겼던 그 누런 종이들 사이로 파이프담배 연기를 내뿜었다. 장 파울의《거인》시리즈 중 한 권은 프리츠가 폭죽을 만든답시고 이미 다 써 버린 상태였다. 내가 처음 두 권을 다 읽고 제3권을 찾자, 프리츠는 이 사실을 털어

---

* 3세기의 전설적인 인물로 전통적인 켈트족의 무사이자 시인이다

놓으면서도 원래부터 책이 망가져 있었다고 둘러댔다.

이런 저녁은 늘 기분 좋고 유쾌했다. 우리는 다같이 노래를 불렀다. 로테는 피아노를 치고, 프리츠는 바이올린을 켜고, 어머니는 당신의 어린 시절 이야기를 들려줬고, 폴리는 새장 안에서 피리 소리를 내며 잠들지 않고 버티려 했다. 아버지는 창가에서 조용히 쉬거나 어린 조카들에게 줄 그림책을 만드는 데 매달렸다.

그러던 어느 날 저녁 헬레네 쿠르츠가 다시 찾아와 반시간쯤 수다를 떨었다. 나는 전혀 방해라고 생각하지 않았다. 그녀가 얼마나 아름답고 성숙해졌는지 볼 때마다 그저 매번 경탄할 뿐이었다. 그녀가 왔을 때는 마침 피아노 위에 촛불이 켜져 있었고, 그녀도 이중창 노래를 함께 불렀다. 나는 그녀의 낮은 음색을 하나도 놓치지 않으려고 아주 작은 소리로 노래했다. 나는 그녀의 등 뒤에 서 있었고, 그녀의 갈색 머리카락 사이로 황금빛으로 타오르는 촛불이 언뜻언뜻 보였다. 그리고 노래 부를 때 그녀의 어깨가 어떻게 부드럽게 들썩거리는지를 보며, 내 손으로 그 머리카락을 살포시 쓰다듬을 수 있다면 얼마나 좋을까 하고 생각했다.

정당화할 수는 없지만, 나는 견진 성사를 받은 어린 나이부터 그녀를 좋아했기 때문에, 예전부터 어떤 특정한 추억들로 그녀와 어떤 식으로 연결되어 있다는 느낌을 갖고 있었다. 그래서 그녀의 무심한 친절함에 조금 실망했다. 우리의 추억이라는 것은 그동안 나만 일방적으로 그렇게 여겼던 것이었고 그녀는 전혀 모르고 있었다는 것을 내가 미처 생각하지 못했기 때문이었다.

나중에 그녀가 돌아갈 때 나는 모자를 들고 유리문까지 같이 나갔다.

"안녕히 계세요."

그녀가 말했다. 하지만 나는 그녀의 손을 잡는 대신 이렇게 말했다.

"집까지 바래다줄게요."

그녀가 웃었다.

"아, 고맙지만 그러지 않으셔도 돼요. 여기서는 그렇게 하는 게 유행도 아니구요."

"그래요?"

나는 그렇게 말하고 그녀가 지나가도록 비켜주었다. 그런데 바로 그때 여동생이 파란 리본이 달린 밀짚모자를 들고 나오며 소리쳤다. "나도 같이 가."

그렇게 해서 우리는 셋이서 계단을 내려갔고, 나는 허둥지둥 육중한 대문을 열었다. 기분 좋게 따스한 석양 속으로 나선 우리는 천천히 시내를 통과해 다리를 건너고 광장을 지나 헬레네의 부모님이 사는 가파른 교외의 언덕으로 올라갔다. 두 소녀는 찌르레기처럼 끊임없이 재잘거렸고, 나는 그 이야기를 경청하면서, 그들과 함께 있는 것에, 행운의 클로버 잎처럼 그 3인조에 속해 있는 것에 기뻐했다. 이따금 나는 좀 천천히 걸으며 날씨를 살피는 척하면서 한 걸음 뒤로 물러났다. 그러면 헬레네의 짙은 색 머리카락이 가늘고 하얀 목덜미 위로 얼마나 자연스럽게 흘러내려 있는지, 그리고 그녀가 보폭은 좁지만 얼마나 활기차게 또박또박 걸어가는지 잘 볼 수 있었다.

집 앞에서 그녀는 우리에게 악수를 하고 안으로 들어갔다. 문이 닫히기 전 어둑어둑한 현관 복도에서 그녀의 모자가 잠깐 반짝 빛나는 것이 보였다.

"오빠. 헬레네 참 예쁘지, 안 그래? 그리고 정말 친절하기까지 하구."

"맞아…… 참, 네 친구는 어떻게 됐어? 곧 오는 거야?"

"친구한테 어제 편지 썼어."

"아, 그래. 자, 우리 왔던 길로 돌아갈까?"

"아 참, 정원 길로 가도 되겠다, 그치?"

우리는 정원 울타리 사이의 좁다란 오솔길로 걸어갔다. 주위는 이미 어두웠고, 부서질 것 같은 통나무 계단과 툭 튀어나온 썩은 울타리판자가 많아서 조심해야 했다.

우리 집 정원 근처에 오자 거실에 늦도록 불이 켜져 있는 것이 보였다. 그때 나지막한 소리가 들렸다.

"쉿! 쉿!"

로테가 겁을 먹었다. 그런데 그건 우리 프리츠였다. 녀석이 거기 숨어서 우리를 기다리고 있었던 것이다.

"조심해, 거기 멈춰!"

프리츠가 우리를 향해 소리쳤다. 그러고는 성냥을 그어 심지에 불을 붙이고 우리 쪽으로 왔다.

"또 폭죽놀이야?"

로테가 핀잔을 주었다.

"소리는 거의 안 나. 그냥 조심하기만 해, 이건 내 발명품이라구."

프리츠가 장담했다. 우리는 심지가 다 타들어갈 때까지 기다렸다. 잠시 후 치직거리는 소리가 나더니, 물에 젖은 화약처럼 작은 불꽃들만 마지못해 톡톡 튀기 시작했다. 그래도 프리츠는 좋아서 열을 올렸다.

"지금부터야, 바로 지금부터라구. 처음엔 하얀 불꽃이 일어나고, 그런 다음에 조그맣게 팡 터지고 나서 빨간 불꽃이 생길 거고, 그 다음에 근사한 파란 불꽃이 보일 거야!"

하지만 프리츠가 말한 대로 되지 않았다. 몇 번 번쩍 하면서 불꽃이 튀더니, 근사하게 변한다던 불꽃은 갑자기 강한 펑 하는 소리와 함께 마치 하얀 증기구름처럼 공기 중으로 터져 피어올랐다.

로테는 웃었고, 프리츠는 의기소침해졌다. 내가 프리츠를 위로하는 사이에 짙은 화약 연기는 어두운 정원 위로 서서히 사라져 갔다.

"그래도 파란색이 조금 보였어."

프리츠가 말했고, 나는 거기에 동의했다. 그러자 프리츠는 울먹이면서 자기가 만든 멋진 폭죽의 구조와 원래는 어떤 일들이 일어났어야 했는지 설명했다. 나는 프리츠를 달랬다.

"우리 한 번 더 해 보자."

"내일?"

"아니, 프리츠. 다음주에."

내일 하자고 했어도 좋았을 것이다. 하지만 내 머릿속은 헬레네 쿠르츠 생각으로 꽉 차 있었고, 내일은 어쩌면 뭔가 행복한 일이 일어날지도 모른다는, 어쩌면 그녀가 저녁에 또 놀러온다거나 아니면 그녀가 갑자기 나를 좋아하게 될지도 모른다는 망상에 사로잡혀 있었다. 한마디로, 이 세상의 그 어떤 폭죽놀이보다 내게 더 중요하고 더 흥분되는 일에 내 마음이 온통 빼앗겨 있는 상태였다.

우리는 정원을 지나 집 안으로 들어갔다. 부모님이 거실에서 체스를 두고 있었다. 그 모든 것이 소박하고 익숙했으며, 당연한 저녁 풍경이었다. 그런데 오늘 밤에는 그 모습이 다르게, 끝없이 멀리 놓여 있는 것처럼 보였다. 마치 내게는 더 이상 고향이란 것이 없는 것처럼 느껴졌다. 옛 집과 정원, 베란다, 친숙한 방이며 가구, 그림, 커다란 새장 안의 앵무새, 정든 옛 도시와 골짜기들까지 전부 낯설게 다가왔고 더 이상은 나와 무슨 상관이랴 싶었다. 어머니와 아버지는 이미 돌아가시고 고향은 추억 속에 묻혀서 나를 인도할 길이 막혀 버린 것 같았다.

밤 11시쯤 장 파울의 두툼한 책을 읽고 있을 때 내 방의 작은 기름 램프가 흐려지기 시작했다. 조그만 불빛이 잠깐 깜박하더니 겁먹은 듯한 작은 소리가 났다. 불꽃이 붉어지고 그을음이 올라왔다. 심지를 돋워 살펴보니 기름이 없었다. 읽고 있던 재미있는 소설을 내려놓기가 아쉬웠지만, 그 시간에 컴컴한 집을 더듬거리며 돌아다니면서 기름을 찾을 수는 없는 일이었다.

그래서 자욱한 연기가 이는 램프를 후 하고 불어서 끄고는, 마지못해 잠자리에 들었다. 밖에서는 훈훈한 바람이 불어 전나무와 라일락 덤불이 부드럽게 흔들리고 있었다. 풀이 무성한 마당 어딘가에서 귀뚜라미 우는 소리가 들렸다.

나는 잠이 오지 않아 다시 헬레네를 생각했다. 우아하고 멋진 그 소녀를 그리워하며 지켜보는 것 말고는, 그 이상 어떻게 다가가야 할지 도무지 알 수가 없었다. 물론 그건 행복하면서도 가슴 아픈 일이었다. 그녀와 어떻게든 이루어질 가능성은 나중에라도 전혀 없다는 생각이 갑자기 머릿속을 스쳤다. 그녀의 얼굴과 차분한 목소리, 오늘 저녁 그 거리와 광장을 지날 때 보았던 그녀의 안정감 있고 활기찬 걸음걸이를 떠올리자, 내 몸이 뜨거워지면서 비참한 기분이 들었다.

결국 나는 다시 자리에서 벌떡 일어났다. 잠들기에는 몸이 너무 뜨겁고 마음도 뒤숭숭했다. 나는 창가로 가서 밖을 내다보았다. 실타래처럼 뭉쳐 있는 구름자락 사이로 그믐달이 창백하게 떠돌았고, 귀뚜라미는 여전히 마당에서 울었다. 나는 한 시간만이라도 좋으니 밖에서 좀 걷고 싶었다. 하지만 우리 집 대문은 밤 10시면 닫혔고, 만약 그 시간 이후에도 문이 열려 있다면 그건 우리 집에 뭔가 범상치 않은, 번거롭고 위험한 일이 일어났다는 것을 의미했다. 더욱이 나는 집 열쇠가 어디에 걸려 있는지도 전혀 몰랐다.

그때 예전의 생활이 머릿속에 떠올랐다. 철이 덜 들었던 나는 한때 부모님과 한집에 사는 것이 노예생활처럼 느껴져서, 밤이면 양심의 가책을 느끼면서도 반항기 어린 모험심에 집을 빠져나가 늦게까지 문을 연 술집에서 맥주를 마시곤 했다. 그럴 때면 빗장만 걸려 있는 정원 쪽 뒷문을 이용했었다. 그런 다음 울타리를 타넘어 이웃집 정원들 사이로 난 좁은 오솔길을 지나 거리로 나갔었다.

나는 바지를 입었다. 공기가 포근해 더 걸칠 필요는 없었다. 신발을 손에 들고 맨발로 살금살금 집에서 나와 정원 울타리를 타넘은 후, 잠들어 있는 도시를 천천히 거닐며 강을 따라 골짜기 쪽으로 거슬러 올라갔다. 조그맣게 솨솨 거리며 흐르는 강물에 비친 작은 달그림자가 떨렸다.

밤에 바깥에 나와서 돌아다니며 침묵하는 하늘 아래 고요히 흐르는 강을 따라 걷는 것, 그것은 언제나 신비롭고도 영혼의 밑바닥까지 뒤흔드는 일이다. 그럴 때 우리는 우리의 근원에 좀 더 가까이 다가가게 되고, 동식물들과 동류임을 느끼게 된다. 아직 집도 도시도 지어지지 않은 상태에서 고향 없이 떠돌던 인간이 숲과 냇물과 산, 늑대와 매를 자신과 같은 존재 혹은 친구나 적으로서 사랑하거나 증오하던 태곳적 삶에 대한 기억을 어슴푸레 떠올리는 것이다. 밤은 또 공동생활이라는 익숙한 느낌으로부터 우리를 멀리 떼어 놓는다. 더 이상 불빛 하나 비치지 않고 사람 소리 하나 들리지 않으면, 아직 깨어 있는 사람은 고독을 느끼며 혼자 떨어져 나와 자기 자신에게 의지하게 된다. 불가피하게 혼자가 되어 홀로 살아가야 한다는, 그래서 고통과 두려움과 죽음을 오로지 혼자 맛보고 견뎌내야만 한다는, 이 세상에서 가장 무시무시한 그 인간적인 감정이 생각의 갈피마다 조용히 끼어들어, 건강하고 젊은 사람에게는 그림자이자 경고로, 약한 사람에게는 공포로 다가온다.

나도 약간은 그런 감정을 느꼈다. 적어도 나의 불쾌함은 사그라져서 조용히 관조할 여유가 생겼다. 아름답고 매력적인 헬레네가 내가 그녀에 대해 생각하는 것과 비슷한 감정으로 나에 대해 생각하는 일은 아마도 결코 없을 거라는 생각에 마음이 아팠다. 하지만 나는 내가 대답 없는 사랑의 고통으로 파멸하지는 않으리라는 것도 알았다. 이 신비로운 삶에는 한 젊은이가 휴가 중에 겪는 고통보다 더 어두운 심연과 더 진지한 운명이 감춰져 있음을 나는 막연하게 예감했다.

그럼에도 불구하고 끓어오른 나의 피는 여전히 뜨거웠고, 나의 의지와는 상관없이 미지근한 바람이 마치 쓰다듬는 소녀의 손길과 갈색 머리카락으로 느껴져, 밤늦은 산책인데도 피곤하거나 졸리지 않았다. 나는 퇴색한 건초더미가 쌓여 있는 풀밭을 지나 강쪽으로 내려가서 가벼운 옷을 벗어놓고 차가운 물에 뛰어들었다. 물살이 거세서 곧바로 온힘을 다해 맞서야만 했다. 나는 15분 정도 상류로 거슬러 헤엄쳐갔는데, 끈끈한 더위와 우울한 기분은 그 상쾌한 강물에 모두 씻겨 내려갔다. 몸이 차갑게 식고 살짝 피곤해지자 나는 다시 옷을 찾아서 젖은 채로 대충 걸쳐 입었다. 집으로 돌아와 침대에 누웠을 때는 한결 마음이 가볍고 위로받은 기분이었다.

처음 며칠간의 긴장감이 사라지면서 나는 차츰 고요한 고향의 삶에 자연스럽게 녹아들어갔다. 저 바깥세상에서 나는 어떻게 그 많은 사람들 속에 섞여 이 도시에서 저 도시로, 일과 꿈 사이로, 학업과 만취한 밤 사이로, 때로는 빵과 우유로, 때로는 책과 담배로 살면서, 매달 다른 사람이 되어 떠돌았던가! 그런데 여기는 10년 전이나 20년 전이나 변한 게 없었다. 매일 매주가 밝고 고요한 똑같은 박자 속에 흘러갔다. 그리고 나는, 딴사람이 되어서 불안정하고 변화무쌍한 생활에 익숙해져 버렸던 나는, 마치 한 번도 이곳을 떠난 적이 없었던 사람처럼 금세 이곳 생활에 적응했고, 몇 년 동안 아예 잊고 지냈던 사람들과 사건들에 관심을 가지게 되면서 타향에서 내게 있었던 일은 조금도 그리워하지 않게 되었다.

매일 매순간이 여름날의 구름처럼 흔적도 없이 가볍게 내게서 흘러갔다. 모든 다채로운 이미지와 모든 갈 곳 잃은 감정은 푸드득 소리를 내며 날아올라 반짝거리다가 이내 꿈처럼 여운을 남기며 사라졌다. 나는 정원에 물을 뿌리거나 로테와 노래를 부르고 프리츠와 폭죽놀이를 했다. 어머니와는 낯선 도시에 대해, 아버지와는 시사 문제에 대해 이야기를 나누었다. 나는 괴테의 작품을 읽고 야곱센*의 책을 읽었다. 이런 하루가 그 다음날로 이어지면서 서로 뒤섞여 하나가 되었고, 그 무엇도 특별히 중요한 일이 아니었다.

그즈음 내게 가장 중요해 보였던 일이란 헬레네 쿠르츠, 그리고 그녀에 대한 나의 예찬이었다. 하지만 그것 역시 다른 모든 것들과 마찬가지로 몇 시간은 내 마음을 움직이다가도 다시 몇 시간은 가라앉았다. 늘 꾸준한 것이라고는 편안하게 숨 쉬고 있는 생에 대한 나의 감정, 조급함도 목표도 없이 매끄러운 물 위를 힘들이지 않고 태평하게 헤엄쳐 가고 있다는 그 느낌뿐이었다. 숲에서는 어치가 울고 블루베리가 익어갔다. 정원에서는 장미와 불꽃처럼 붉은 한련이 피었다. 나는 그 일부가 되어 세상의 다채로움을 알게 되었고, 나도 언젠가 제대로 된 남자가 되어 성숙하고 현명해지면 그때는 세상이 어떻게 보일까 하고 궁금해졌다.

어느 날 오후 커다란 뗏목 하나가 우리 도시로 흘러왔다. 나는 그 위에 올라타 판자더미 위에 누워 몇 시간을 하류로 떠내려갔다. 농장들과 조그만 마을들을 지나고 다리 밑을

---

* 17세기 덴마크의 작가

통과해 갔는데, 내 위로는 대기가 파르르 떨리더니 낮은 천둥소리와 함께 후텁지근한 구름이 소용돌이쳤고, 내 아래에서는 차가운 강물이 시원하게 물거품을 일으키며 찰랑거렸다. 갑자기 나는 이런 상상을 했다. 헬레네 쿠르츠가 여기 있어서 내가 그녀를 납치하고, 우리는 손을 맞잡고 앉아 여기서부터 네덜란드까지 떠내려가면서 서로에게 세상의 멋진 풍경들을 보여주는 그런 상상을.

　나는 골짜기 저 아래에서 뗏목에서 내렸는데, 그만 너무 짧게 뛰는 바람에 가슴까지 차오르는 강물에 빠지고 말았다. 하지만 날이 무덥다 보니 집으로 돌아오는 길에 옷을 그대로 입고 있어도 옷에서 김이 나면서 다 말랐다. 오래 걸어 지친 상태로 먼지를 뒤집어쓴 채 다시 도시에 돌아온 나는 몇 집 지나지 않아 빨간 블라우스를 입은 헬레네 쿠르츠와 마주쳤다. 내가 모자를 벗어 보이자, 그녀도 고개를 까딱하며 인사했다. 나는 그녀가 내 손을 잡고 뗏목을 타고 강을 따라 내려가면서 내게 반말을 했던 꿈이 떠올랐다. 그리고 이날 저녁 내내 모든 것이 다시 가망 없게 느껴졌다. 나는 멍청한 계획이나 짜는 사람, 별로 점이나 치는 점성술

사 같았다. 그럼에도 불구하고 나는 잠자리에 들기 전에, 풀을 뜯는 노루 두 마리가 그려져 있는 내 멋진 파이프로 담배를 피우며 11시가 넘도록《빌헬름 마이스터의 수업시대》를 읽었다.

그리고 다음날 저녁 8시 반쯤 나는 프리츠와 함께 호호슈타인 산에 올랐다. 무거운 짐이 하나 있었는데, 우리는 이걸 교대로 들었다. 그 안에는 화력이 강한 개구리 폭죽 한 다스, 로켓 폭죽 여섯 개, 커다란 화약 세 덩어리와 자질구레한 물건들이 들어 있었다.

날은 포근했다. 푸르스름한 하늘에는 엷은 망사 같은 구름이 잔잔하게 떠다녔는데, 교회 첨탑과 산꼭대기를 넘어가면서 막 뜨기 시작한 희미한 별들을 자주 가렸다. 호호슈타인 산에 올라 일단 잠깐 좀 쉬며 내려다보니, 우리가 사는 좁은 골짜기가 석양의 창백한 빛 속에 담겨 있었다. 도시와 이웃 마을, 다리와 물방아 둑, 수풀로 둘러싸인 좁다란 강을 바라보는 동안, 이 저녁 분위기 속에서 또다시 그 아름다운 소녀 생각이 내 속으로 스며들었다. 나는 혼자 꿈을 꾸며 달을 기다리고 싶었지만 그렇게는 되지 않았다. 동생이 이미 상자를 열고 개구리 폭죽 두 개를 끈으로 연결해 막대기에 묶은 다음 불을 붙여서 내 귀 바로 가까이에서 터뜨려 나를 깜짝 놀라게 했기 때문이었다.

나는 조금 화가 났다. 하지만 프리츠가 정신없이 웃으며 좋아하자 나도 금방 전염되어 동생을 거들었다. 우리는 재빨리 아주 강력한 화약 덩어리 세 개에 연달아 불을 붙였고, 어마어마한 폭음이 골짜기를 오르내리며 길게 메아리쳤다. 그 다음으로 개구리 폭죽과 원통형 폭죽, 불바퀴 폭죽을 터뜨렸고, 마지막으로 근사한 로켓 폭죽을 까맣게 변한 밤하늘로 차례로 쏘아올렸다.

"이렇게 근사하고 멋진 로켓 폭죽은 사실 신께 올리는 기도나 마찬가지야. 아니면 우리가 아름다운 노래를 부르는 것과도 같고. 안 그래? 정말로 엄숙하잖아."

프리츠는 이따금 비유를 써서 말하길 좋아했다.

우리의 마지막 개구리 폭죽은 집으로 돌아오는 길에 농장의 사나운 개를 향해 던져 넣었다. 개는 깜짝 놀라서 요란한 소리를 내더니 우리를 향해 15분이나 미친 듯이 짖어댔다. 우리는 재미있는 장난을 치고 난 개구쟁이들처럼 신이

나서 시커메진 손을 하고 집에 돌아왔다. 부모님한테는 유쾌한 저녁 나들이였고 골짜기의 풍경이 아름답고 하늘에 별이 총총하더라고, 조금 과장해서 이야기했다.

어느 날 아침이었다. 내가 복도 창가에서 파이프담배를 소제하고 있는데 로테가 달려와 소리쳤다.

"있잖아, 11시에 내 친구가 도착해."

"그 안나 암베르크?"

"맞아. 우리 마중 나갈 거지?"

"난 뭐 괜찮아."

기다리고 있었던 손님의 도착 소식이었지만, 그 손님에 대해서 거의 잊고 있던 터라 그다지 크게 기쁘지는 않았다. 하지만 이제 와서 달라질 것도 없어서, 난 11시쯤 여동생과 함께 기차역으로 갔다. 너무 일찍 도착한 우리는 역 앞에서 이리저리 서성댔다.

"이등칸을 타고 올 가능성도 좀 있어."

나는 불신의 눈빛으로 로테를 바라보았다.

"충분히 그럴 수 있어. 내 친구는 부잣집 딸이거든. 검소

하기는 하지만…….”

　나는 오싹했다. 버릇없이 제멋대로 자란 숙녀가 어마어마하게 커다란 여행 가방을 들고 이등칸에서 내리는 모습이 머릿속에 그려졌다. 아늑한 우리 집을 보고 비좁다고 불평하고 나도 보잘것없다고 여기는 그런 숙녀의 모습이.

　“이등칸을 타고 오면 내리지 말고 차라리 그대로 계속 타고 가는 편이 나을 거야, 내 말 알지.”

　로테는 샐쭉해져서 나를 나무라려고 했다. 그런데 마침 기차가 역 안으로 진입해 멈춰 섰고, 로테는 재빨리 그쪽으로 뛰어갔다. 서두르지 않고 천천히 뒤따라간 나는 삼등칸에서 내리는 로테의 친구를 보았다. 그녀는 커다란 숄을 두른 채 회색빛 실크 양산과 수수한 손가방 하나를 들고 있었다.

　“이쪽은 우리 오빠야, 안나.”

　나는 “안녕하세요?” 하고 인사했다. 그리고 비록 기차는 삼등칸을 타고 왔지만 그녀가 거기에 대해서 어떻게 생각할지 몰라서, 너무도 가벼운 그녀의 짐 가방을 내가 직접 들지 않고 짐꾼을 불러 맡겼다. 나는 두 아가씨 옆에 서서 같이 마을로 걸어들어오면서, 두 사람이 서로 할 얘기가 어찌

나 그렇게 많은지 놀라워했다. 하지만 암베르크 양은 내 맘에 들었다. 특별히 예쁜 편은 아니어서 조금은 실망스러웠지만, 대신 얼굴과 목소리에 호감이 가고 믿음직스러워 보이는 뭔가 유쾌한 것이 있었다.

어머니가 유리문에서 두 사람을 맞이하던 모습이 지금도 내 눈에 선하다. 어머니는 사람 보는 눈이 있었고, 그런 어머니가 처음에 잘 살펴본 후에 웃으면서 맞아들인 사람이라면 좋은 대접은 보장된 것이었다. 지금도 나는 어머니가 암베르크 양의 눈을 들여다본 모습이, 또 그런 후에는 그녀에게 고개를 끄덕이며 두 손을 내밀어 말없이 곧바로 식구처럼 편하게 대해주던 모습이 눈에 선하다. 그로써 낯선 존재에 대한 나의 불신 섞인 우려는 사라졌다. 그 손님도 우리가 내민 손과 친절에 대해 겉도는 말을 하기보다는 진심으로 받아들였고, 처음부터 한식구 같았다.

비록 내 지혜나 삶의 지식은 미숙했지만, 그럼에도 불구하고 나는 그 첫날에 이미 그 유쾌한 소녀가 착하고 자연스러운 명랑함이 몸에 배어 있으며 세상 경험은 많지 않아도 소중한 벗이 될 수 있겠다는 것은 알 수 있었다. 대다수는 결코 얻지 못하는, 극히 소수만이 위기와 고통을 통해서만 얻을 수 있는 드높고 값진 명랑함이 있다는 사실을 난 어렴풋이 알고 있었지만 직접 겪은 적은 없었다. 그리고 우리 집에 놀러온 손님이 바로 이 흔치 않은 명랑함으로 위안을 주는 사람임을 나는 한동안 깨닫지 못했다.

친구처럼 지내며 삶과 문학에 대해 함께 대화를 나눌 수 있는 소녀는 그 당시 내 생활반경 안에서는 찾아보기 어려웠다. 그때까지 내 여동생의 친구들이란 늘 사랑의 대상 아니면 아무런 관심도 없는 그런 존재였었다. 그런데 이제, 젊은 숙녀와 허물없이 지내며 나와 동등한 인간으로서 다양한 것들에 대해 이야기를 나눌 수 있게 됐다는 것은 내게 새롭고도 즐거운 일이었다. 더욱이 서로 동등하다고는 해도 그 목소리와 언어, 그리고 사고방식에 깃들어 있는 여성스러움은 내 마음을 푸근하고 부드럽게 어루만져 주기까지 했다.

안나가 조용하고 능숙하면서도 티 나지 않게 우리의 생활을 공유하고 또 우리의 방식에 적응해 가는 모습에, 나는 조금 부끄러웠다는 것을 덧붙여야겠다. 방학 때 손님으로 우리 집에 놀러왔던 내 친구들은 하나같이 어느 정도는 폐를 끼치거나 서먹한 데가 있었기 때문이다. 솔직히 나 자신만 해도 고향에 돌아온 처음 며칠간은 쓸데없이 목소리를 높이면서 까다롭게 굴었었다.

안나가 나의 배려를 크게 바라지 않는 점도 가끔은 놀라웠다. 심지어 대화 중에 내가 좀 거칠어졌을 때조차 안나는 상처받지 않은 것처럼 보였다. 그에 비하면 헬레네 쿠르츠는 어떤가! 그녀에게는 난 아무리 대화에 빠져 있더라도 공손한 단어들을 신중하게 골라 써야만 했으리라.

그즈음 헬레네는 우리 집에 여러 차례 들렀는데, 여동생의 친구가 마음에 든 것 같았다. 한번은 다 같이 마태우스 삼촌 댁의 정원으로 초대를 받았다. 커피와 케이크, 나중에는 구스베리 와인까지 나왔다. 그 중간에 우리는 아이들처럼 천진난만한 장난도 치고 얌전히 정원 길을 빙 둘러 산책도 했는데, 한 점 흐트러짐 없이 깔끔한 정원을 보고 우리는 절로 몸가짐을 바르게 했다.

헬레네와 안나를 한자리에서 보며 동시에 두 사람과 이야기를 나누는 기분은 오묘했다. 오늘도 여전히 아름다운 헬레네와는 피상적인 것들에 대해서만 대화할 수 있었고, 그것도 최대한 고상한 태도로 이야기를 나누었다. 그에 반해 안나와는 온갖 재미있는 것들에 대해 이야기를 나누면서도 흥분하거나 긴장하지 않고 수다를 떨 수 있었다. 그런 그녀가 고마웠고 또 그녀와 대화를 나누는 동안에는 몸도 편안하고 마음도 놓였지만, 나는 그녀에게서 눈을 돌려 아름다운 헬레네를 끊임없이 힐끔거렸다. 헬레네를 바라보면 행복했고 아무리 봐도 싫증나지 않았다.

동생 프리츠는 불쌍할 정도로 지루해했다. 프리츠는 케이크를 실컷 먹고는 몇 가지 거친 놀이를 제안했는데, 어떤 것들은 호응을 얻지 못했고, 어떤 것들은 도중에 금방 그만두었다. 가끔 프리츠는 나를 한쪽으로 데려가 이날 오후가 재미없다고 불평을 터뜨렸다. 내가 어깨를 으쓱해 보이자 프리츠는 개구리 폭죽 화약을 주머니에 넣어왔다고 털어놓아 나를 깜짝 놀라게 만들었다. 늘 그렇듯이 나중에 소녀들의 작별인사가 길어지면 프리츠는 그때 불을 붙일 작정이었다. 나는 그러지 말라고 간곡히 타일렀다. 그러자 프리츠는 그 넓은 정원에서 가장 구석진 곳을 찾아 구스베리 덤불 아래 드러누웠다. 나는 프리츠가 안됐고 그 마음이 잘 이해됐지만, 다른 사람들과 함께 프리츠의 그런 철없는 불만을 웃어넘김으로써 그를 배신했다.

두 사촌누이는 다루기가 쉬웠다. 둘 다 까다롭지 않았고, 유행이 한참 지난 유머에도 고마워하며 열심히 들었다. 삼촌은 커피를 다 마시자마자 자리에서 일어났다. 베르타 숙모는 대개 로테에게 말을 걸었는데, 딸기잼 만드는 이야기에 내가 끼어들고 난 이후에는 나에 대해서 매우 만족스러워했다. 그렇게 나는 두 아가씨 가까이 머물면서 대화가 잠시 끊어질 때면, 다른 사람도 아닌 사랑하는 소녀와 이야기하기가 왜 이렇게 힘들까 하는 생각을 했다. 나는 헬레네에게 사랑의 증표가 될 만한 뭔가를 주고 싶었지만 아무것도 떠오르지 않았다. 결국 정원에 가득 핀 장미들 중에서 두 송이를 꺾어 한 송이는 헬레네에게, 다른 한 송이는 안나 암베르크에게 주었다.

그것이 내가 휴가 중 마음 편히 지낸 마지막 날이었다. 그 다음날 나는 안면이 있는 한 고향 지인에게서 헬레네 쿠르츠가 최근에 누구누구 집에 자주 드나들고, 아마 곧 약혼할 것 같다는 이야기를 전해 들었다. 다른 소식들 끝에 나온 이야기였는데, 나는 내 기분을 들키지 않게 조심했다. 하지만 그게 소문일 뿐이라고는 해도, 물론 나는 어차피 헬레네에게 희망을 걸진 않았겠지만, 그녀가 정말로 나를 떠났다는 걸 이제야 비로소 확실히 느꼈다. 나는 정신없이 집으로 돌아와 도망치듯 내 방으로 들어갔다.

상황이야 어찌됐든, 심각할 것 없는 내 청춘 속에서 슬픔은 오래가지 못했다. 그래도 며칠은 뭘 해도 즐겁지 않아서, 혼자 숲길을 걷거나 슬픔에 젖어 한참을 멍하니 누워 있었고 저녁이면 창문을 닫아걸고 바이올린을 켜며 공상에 잠겼다.

"애야, 어디 아프냐?"

아버지가 물으며 내 어깨에 손을 얹었다.

"잠을 설쳤어요"

거짓말은 아니었다. 더는 입이 떨어지지 않았다. 그러자 아버지가 이야기를 들려주었다. 나는 이 말을 훗날 종종 다시 떠올리곤 했다.

"잠 못 이루는 밤은 늘 괴로운 법이지. 하지만 좋은 생각을 하면 견딜 수가 있단다. 자리에 누웠는데 잠이 안 오면 쉽게 화가 나고 짜증나는 일만 생각하게 되지. 하지만 마음만 먹으면, 의지만 있으면 좋은 생각을 할 수도 있단다."

"그럴 수 있다고요?"

나는 이렇게 되물을 수밖에 없었다. 왜냐하면 지난 몇 년간 자유의지라는 게 있기는 한 건지 의심이 싹텄기 때문이다.

"그럼, 그럴 수 있지."

아버지가 힘주어 말했다.

몇날며칠을 쓰라린 심정으로 침묵하며 보내다가 마침내 나 자신과 나의 고통을 잊고 다른 사람들과 어울려 즐겁게 지낼 마음이 생겼던 그 시간을 나는 지금도 또렷이 기억한다. 오후에 우리는 모두 거실에 앉아 커피를 마시고 있었다. 프리츠만 없었다. 다른 사람들은 즐겁게 이야기꽃을 피우고 있었는데, 나는 속으론 이미 대화와 교류의 필요성을 느꼈으면서도 입을 꼭 다물고 끼어들지 않았다. 젊은이들이 그렇듯, 나도 나의 아픔을 침묵과 배타적인 반항심이라는 보호벽으로 둘러싸고 있었던 것이다. 다른 사람들도 우리 집의 가풍대로 나를 가만히 내버려두면서 내가 대놓고 언짢아해도 배려해 주었다. 그래서 나는 나의 벽을 허물 결심을 못 하면서, 한때는 진심이었고 꼭 필요했었지만 이제는 나 자신도 싫증난 연기를 계속하고 있었다. 내 고행이 짧게 끝난 것이 부끄럽기도 했다.

그때 우리의 고요한 커피 타임 분위기를 뒤흔드는 우렁찬 팡파르가 갑자기 들려왔다. 대담하고 공격적으로, 활기차게 빵빵 울려대는 금속성의 소리에 우리 모두 순간적으로 의자에서 벌떡 일어났다.

"불났나봐!"

여동생이 놀라서 외쳤다.

"거참 웃긴 화재경보구나."

"그럼 군대가 야영하러 왔나보네."

그사이 우리는 모두 우르르 창가로 몰려가 있었다. 거리를 내다봤다. 우리 집 바로 앞에 아이들이 한 떼 모여 있고 그 한가운데 새빨간 옷을 입고 커다란 백마를 탄 나팔수가 보였다. 그의 나팔과 유별난 의상이 햇살을 받아 번쩍거렸다. 괴상한 사내는 집집 창문마다 트럼펫을 불어댔는데, 구릿빛 얼굴에는 엄청나게 커다란 헝가리식 콧수염을 기르고 있었다. 그는 계속해서 열광적으로 트럼펫을 불어댔다. 여러 가지 신호음과 즉흥적인 온갖 곡조에 호기심을 느낀 이웃집의 창문이 모두 열렸다. 그제야 악기를 입에서 뗀 사내는 콧수염을 쓰다듬고는 왼손은 허리춤에 대고 오른손으로는 불안해하는 말의 고삐를 쥐고서 연설을 시작했다. 세계적으로 유명한 그의 곡마단이 순회공연 중인데, 딱 오늘 하루만 이 소도시에 묵게 되었으며 열렬한 요청에 따라 오늘 저녁 브뤼엘 광장에서 '조련된 말들의 곡마, 공중 줄타기, 수준 높은 무언극' 등을 선보인다는 것이었다. 입장료는 어른이 20페니히, 아이들은 그 절반이었다. 우리가 연설을 듣고 다 알아차리기가 무섭게 남자는 말에 올라타더니 번쩍이는 나팔을 불며 그곳을 떠났다. 떼 지어 있는 아이들을 뒤로하고 허연 먼지구름을 흩날리며.

그 곡마사의 발표 내용과 함께 우리에게서 터져 나온 웃음과 즐거운 흥분감은 나에게 절호의 기회였다. 그 순간을 이용해 나의 우울한 침묵을 떠나보내고 다시 유쾌한 사람들과 어울리면서 유쾌해지고 싶었다. 곧바로 나는 두 소녀를 오늘 저녁 공연에 초대했고, 아버지도 처음에는 조금 반대하더니 결국 허락하셨다. 그래서 당장 우리 셋은 그 떠들썩한 장소를 밖에서 한번 살펴보자며, 천천히 브뤼엘 광장으로 걸어 내려갔다. 두 남자가 둥그런 야외 공연장을 만드느라 열심히 말뚝을 박고 줄을 치고 있었다. 그들이 이어서 비계를 세우는 동안, 그 옆에 있는 초록색 곡마단 마차에는 흔들리는 계단에 엄청나게 뚱뚱한 할머니가 앉아 뜨개질을 하고 있었다. 그녀의 발치에 털이 하얀 귀여운 푸들이 앉아 있었다. 우리가 구경하는 동안 곡마사는 마을을 한 바퀴 돌고 와백마를 마차 뒤에 묶어놓고는 화려한 붉은 옷을 벗어던지더니 팔을 걷어붙이고 공연장을 만드는 동료들을 도왔다.

"저 사람들, 힘들겠다!"

안나 암베르크가 말했다. 하지만 나는 안나의 동정에 반기를 들고는, 곡예사들의 편에 서서 그들의 자유롭고 즐거운 집단 방랑생활을 소리 높여 찬양했다. 할 수만 있다면 나도 그들과 함께 돌아다니며 높은 줄도 타고 또 공연이 끝나면 접시를 들고 돌고 싶다고 했다. 안나는 재미있다는 듯 웃었다.

"그 모습 저도 보고 싶네요."

그 말에 나는 접시 대신 모자를 들고 돈 걷는 시늉을 하며 광대를 위해서 약간의 수고비를 달라고 공손하게 청했다. 그녀는 주머니에 손을 넣어 잠깐 뒤적이더니 1페니히 동전 하나를 꺼내 모자 안으로 던져넣었고, 나는 고맙다고 인사하며 그 동전을 조끼 주머니에 집어넣었다.

한동안 억눌러왔던 즐거움이 마치 마취제처럼 나를 습격했고, 나는 그날 아이처럼 즐거워했다. 어쩌면 내 마음이 이렇게나 쉽게 변할 수도 있다는 것을 깨달았기 때문일 수도 있었다.

저녁에 우리는 프리츠까지 데리고 공연을 보러 갔는데, 가는 도중에 이미 잔뜩 들떠서 흥이 올랐다. 브뤼엘 광장에는 사람들이 새까맣게 모여 있었다. 아이들은 기대감으로 눈이 휘둥그레져서 즐거워하며 얌전히 서 있었고, 개구쟁이들은 아무에게나 장난을 걸며 서로 앞으로 나서겠다고 밀어댔다. 공짜 구경꾼들은 밤나무 위에 자리를 잡았고, 경찰은 헬멧을 쓰고 있었다. 좌석들은 공연장을 에워싼 형태로 배치되어 있었고, 원형무대 안쪽에는 손잡이가 네 개 달린 기둥이 세워져 있고 각각의 손잡이에는 기름통이 걸려 있었다. 이 기름통에 이제 불이 붙었고, 관객들이 점점 몰려들면서 좌석이 서서히 채워졌다. 광장을 메운 사람들의 머리 위로는 붉은 횃불이 그을음을 내며 타올랐다.

우리는 바닥에 깔린 널빤지 위에 자리를 잡고 앉았다. 손풍금 소리가 나더니 단장이 작은 흑마를 이끌고 공연장에 등장했다. 어릿광대가 따라 들어왔고 따귀를 맞느라 단장과의 이야기가 여러 차례 중단될 때마다 커다란 박수갈채가 쏟아졌다. 어릿광대가 뻔뻔한 질문을 던지는 것으로 시작됐는데, 그러면 단장은 따귀와 함께 대답을 했다.

"그럼 넌 내가 낙타인 줄 아느냐?"

"아닙니다, 단장님. 저도 단장님과 낙타의 차이는 잘 안답니다."

"그런가, 어릿광대? 그럼 대체 그게 뭐냐?"

"단장님, 낙타는 아무것도 마시지 않아도 8일 동안 일할 수 있지요. 하지만 단장님은 아무것도 일하지 않고도 8일 동안 마실 수 있답니다."

단장은 또다시 따귀를 때렸고, 관객들은 또다시 박수를 쳤다. 나는 그런 순박한 재담에, 그리고 그것을 즐겁게 들어주는 고마운 관객들의 순진함에 놀라면서 함께 웃었다.

작은 말은 점프를 하며 긴 의자를 뛰어넘더니, 열둘을 셀 때까지 죽은 시늉을 했다. 그 다음으로는 푸들이 나오더니, 점프해서 커다란 링을 통과하고는 두 발로 서서 춤을 추고 군대의 교련 흉내를 냈다. 중간중간 계속해서 광대가 다시 등장했다. 아주 귀엽게 생긴 염소도 나와 의자 위에서 균형을 잡아 보였다.

마지막으로, 어슬렁거리며 농담이나 던지는 것 말고는 아무것도 할 줄 아는 게 없느냐는 질문을 받은 광대는 헐렁한 어릿광대 옷을 잽싸게 벗어던지고 빨간색 운동복 차림으로 높은 밧줄 위로 올라갔다. 광대는 잘생기고 재주도 좋았다. 그렇지 않다 해도 불빛을 받아 붉게 빛나는 형체가 검푸른 밤하늘 높이 떠 있는 모습은 아름다웠다.

공연시간이 초과되는 바람에 무언극은 상연되지 않았다. 우리도 평소보다 오래 외출을 한 상태라서, 곧장 집으로 향했다.

공연 중에 우리는 쉴 새 없이 신나게 이야기를 주고받았다. 나는 안나 암베르크의 옆자리였는데, 그냥 생각나는 대로 이야기를 나눈 것이 전부였지만 집으로 돌아가는 길에 벌써 그녀의 따뜻한 온기가 그리워졌다.

침대에 누워도 한참이나 잠이 들지 않아, 난 거기에 대해서 생각해 보았다. 그러다가 내가 충실하지 않은 사람이라는 걸 인식하는 순간, 몹시 부끄럽고 마음이 불편해졌다. 어떻게 내가 그 아름다운 헬레네 쿠르츠를 이토록 빨리 단념할 수 있었단 말인가? 하지만 나는 그날 밤과 그 이후 며칠간 몇 가지 궤변으로 내 모든 것을 정당화하고 또 겉으로 보이는 모든 모순도 만족스럽게 해결했다.

그날 밤 나는 불을 켜고 조끼 주머니에서 안나가 장난으로 선물해준 1페니히 동전을 꺼내 찬찬히 들여다보았다. 1877년이라는 연도가 새겨져 있었는데, 그러니까 이 동전은 나와 나이가 같았다. 나는 동전을 하얀 종이에 싸서, 그 위에 알파벳 머리글자 A.A.와 그날 날짜를 적고는 행운의 동전으로 간직하려고 지갑 안 깊숙이 넣었다.

내 휴가의 절반(휴가는 늘 처음 절반이 더 긴 법이다)이 벌써 지났다. 강한 폭풍우가 물러가고 여름도 서서히 나이를 먹으며 사려 깊어지기 시작했다. 하지만 나는 세상에 이보다 더 중요한 일은 없다는 듯 사랑에 빠진 채 깃발을 펄럭이며 소리 없이 사라져가는 나날을 항해하고 있었다. 황금빛 희망에 부풀어 모든 나날을 받아들였고, 그것을 붙잡으려고도, 안타까워도 하지 않는 채로 그저 들뜬 기분으로 그 하루하루가 찾아와 빛을 내다가 다시 돌아가버리는 것을 바라보기만 했다.

내가 이렇게 들떠 있었던 것은 일단, 이해할 수 없는 청춘의 태평함에도 부분적으로 이유가 있었지만, 사랑하는 어머니 탓도 있었다. 말은 하지 않았지만 어머니는 내가 안나와 친하게 지내는 것이 싫지 않은 눈치였다. 슬기롭고 행실이 단정한 소녀와의 교류가 사실 나도 좋았고, 그녀와 좀 더 깊고 가까운 관계가 된다고 해도 어머니가 기꺼이 허락할 것 같았다. 그래서 걱정하거나 비밀로 할 필요도 없이 나는 안나와 다정한 오누이처럼 정말로 잘 지내고 있었다.

하지만 그것만으로 내 바람이 다 이루어졌다고 하기엔

한참 부족했다. 그리고 시간이 조금 지나자, 이러한 변함없는 우정 관계가 가끔씩 조금 괴롭게 느껴지기도 했다. 나는 확실하게 울타리가 쳐져 있는 우정이라는 정원에서 벗어나 사랑이라는 그 넓고 자유로운 땅으로 나아가고 싶었지만, 어떻게 해야 티 나지 않게 이 순수한 여자친구를 그 길로 유혹할 수 있을지 전혀 감이 안 왔다. 하지만 내 휴가가 끝나가던 그 무렵, 친구로 만족할지 아니면 그 이상을 바랄지 이 두 가지 사이를 자유롭게 오가고 있던 그 상황은 내게 매우 소중한 것이었고, 지금도 그건 아주 행복했던 기억으로 남아 있다.

그렇게 우리는 우리의 행복한 집에서 즐거운 여름날을 보냈다. 그 사이 나는 어머니에게는 다시 옛날 어린아이처럼 되어 있었고, 그래서 거리낌 없이 내 생활에 대해 어머니와 이야기를 나누고 지난 일도 고백하고 또 앞날의 계획을 놓고 의논할 수도 있었다. 어느 날 오전 어머니와 둘이 정자에 앉아 실을 감던 일이 아직도 생각난다. 나는 어떻게 해서 하느님에 대한 믿음이 사라졌는지 얘기했고, 내가 다시 믿음을 가지기 위해서는 일단 나를 설득시킬 누군가가 나타나야 한다는 주장으로 말을 마쳤다.

　그러자 어머니는 미소를 지으며 나를 바라보더니, 잠시 생각에 잠겼다가 말했다.

　"아마도 널 설득시킬 사람은 영영 없을지도 모르겠구나. 하지만 믿음 없이는 살아갈 수 없다는 걸 너도 차츰 깨닫게 되겠지. 지식이란 건 아무짝에도 쓸모가 없으니까 말이야. 자기가 정말로 잘 알고 있다고 믿었던 누군가의 어떤 행동에서, 결국 그렇게 정확하게 잘 알고 있는 것이 무용지물이었다는 걸 깨닫는 일이 매일같이 일어나거든. 하지만 사람에게는 믿음과 안정이 필요하지. 그걸 위해서는 대학교수나 비스마르크 같은 사람을 찾는 것보다는 예수 그리스도를 찾는 게 훨씬 낫단다."

　"어째서요? 예수 그리스도에 대해서는 우리가 확실히 아는 게 많이 없잖아요."

　"오, 충분히 알고 있단다. 물론, 세월이 흐르면서 자기 자신만을 믿으며 두려움 없이 죽어간 사람들도 간혹 있어. 소크라테스나 다른 몇몇 사람들을 꼽을 수 있지. 하지만 많지 않아. 아니, 정말 극소수지. 그리고 그런 사람들이 고요하고 편안하게 죽음을 맞을 수 있었다면, 그건 영리해서가 아니라 그들의 마음과 양심이 깨끗했기 때문이란다. 뭐, 좋아. 이 몇몇 사람은 각자 나름대로 정당하니까 그것으로 된 거 아니니? 하지만 우리 중 누가 이들과 같을까? 이들과는 달리 보잘것없고 평범한 사람이 수없이 많고 많은 걸 너도 보잖니? 그럼에도 불구하고 이런 사람들이 기꺼이 편안하게 죽을 수 있는 건 이들이 예수 그리스도를 믿었기 때문이란다. 네 할아버지도 돌아가시기 전 열네 달 동안을 고통스럽고 비참하게 보내셨지만, 슬퍼하지 않고 고통과 죽음을 기꺼이 받아들이셨지. 예수 그리스도에게서 위안을 찾으셨기 때문이야."

그리고 마지막으로 어머니는 이렇게 덧붙였다.

"네가 납득하지 못한다는 거 안다. 믿음은 사랑과 마찬가지로 이성을 통해 얻어지는 게 아니니까. 하지만 너도 언젠간 많은 일이 이성만으로 해결되지 않는다는 걸 알게 되겠지. 그리고 네가 고난에 처하면 위로가 될 것처럼 보이는 모든 것에 아마 손을 뻗게 될 게다. 그때가 되면 아마도 오늘 우리가 나눈 많은 이야기들이 머릿속에 떠오르겠지."

나는 아버지의 정원 일을 돕고, 산책을 나가서는 숲에서 아버지가 화분용으로 쓸 흙도 자주 담아왔다. 프리츠와는 새로운 폭죽놀이 기술을 고안해내서 시험하다가 손가락을 데었다. 로테와 안나 암베르크와 함께 반나절을 숲에서 보내며 딸기를 따고 꽃을 꺾었고, 책을 읽어 주거나, 새로운 산책길을 찾아내기도 했다.

아름다운 여름날이 하루하루 지나갔다. 나는 거의 언제나 안나 곁에 있는 데 익숙해진 상태였는데, 이것이 곧 끝날 거라고 생각하면 휴가 동안의 푸른 하늘에 먹구름이 몰려드는 것 같았다.

아름답고 소중한 모든 것은 허무하고 또 그 끝이 있듯이, 내 모든 청춘을 마감하는 것으로 기억될 이 여름도 하루하루 지나갔다. 내가 떠날 날이 얼마 남지 않았다는 얘기가 나오기 시작했다. 어머니는 다시 한번 내 속옷과 옷가지들을 점검하면서 어떤 것들은 깁기도 했다. 그리고 짐을 싸는 날에는 어머니가 손수 뜨개질한 멋진 회색 털양말 두 켤레를 선물해 주었는데, 그때는 우리 두 사람 모두 그것이 내게 주는 어머니의 마지막 선물이 되리란 것을 알지 못했다.

오랫동안 두려워했던 마지막 날이 마침내 찾아왔다. 부드러운 솜털구름이 떠 있고 잔잔한 동남풍이 정원에 가득 핀 장미 사이에서 놀다가 정오 무렵 짙은 향기를 안은 채로 고단한지 잠에 빠진, 그런 맑고 푸른 늦여름 날이었다.

나는 그 하루를 온전히 다 보낸 후에 저녁 늦게 출발하기로 한 상태였다. 오후에는 우리 젊은 사람들끼리 다시 한 번 멋진 소풍을 즐기려고 했다. 그래서 부모님을 위해 남겨둔 오전 시간은 아버지 서재에서 보냈다. 나는 긴 소파에 앉은 두 분 사이에 자리를 잡았다. 아버지는 감정의 동요를 감춘 채 다정하게 농담 섞인 말투로 작별인사를 몇 마디 하며 미리 준비해 두었던 선물을 건넸다. 탈러 동전이 몇 개 들어 있는, 옛날 유행의 작은 쌈지와 주머니에 꽂을 수 있는 만년필, 그리고 말끔히 제본된 수첩이었다. 이 수첩은 아버지가 직접 만든 것인데, 열두어 개의 훌륭한 인생 격언이 엄격한 라틴어 필체로 쓰여 있었다. 아버지는 탈러는 절약하되 인색해서는 안 되고, 펜으로는 자주 집에 편지를 쓰고, 또 내 마음을 움직이는 훌륭한 격언을 새로 알게 되면 그 수첩에 적어두라고 당부했다. 이미 수첩에 적어 놓은 것들은 아버지가 살아오는 동안 유용하고도 진실된 것이라고 느꼈던 거라고 했다.

두 시간 이상 우리는 그렇게 나란히 앉아 있었다. 부모님은 내 어린 시절의 이야기와 당신들, 그리고 조부모님의 인생에 관한 많은 것들을 들려주었는데 처음 듣는 소중한 이야기였다. 그 중 많은 이야기를 나는 잊어버렸다. 중간중간 안나에게로 계속 생각이 달아나는 바람에 진지하고 중요한 많은 이야기를 건성으로 들었기 때문이다. 하지만 서재에서 보낸 이날 아침은 내 기억에 또렷이 남아 있고, 부모님 두 분에 대한 깊은 감사와 존경심 역시 지금도 여전하다. 그토록 맑고 거룩한 빛에 싸인 모습은 누구에게서도 본 일이 없다.

하지만 당시에는 그날 오후의 이별이 내게 더 중요했다. 점심을 먹자마자 나는 두 소녀와 함께 출발해, 산을 넘어 아름다운 숲이 우거진 골짜기를 따라 강가의 가파른 계곡으로 향했다.

처음에는 내 우울한 기분이 다른 사람까지 생각에 잠겨 침묵하도록 만들었다. 그러다가 높다란 적송들 사이로 굽이

치는 좁은 골짜기와 초록이 우거진 넓은 언덕이 보이고 줄기가 기다란 우단담배풀이 바람에 흔들리는 산마루에 이르러서야 비로소 나는 환호성을 지르며 답답함에서 벗어났다. 소녀들은 큰 소리로 웃으며 곧바로 방랑의 노래 한 곡을 불렀다. "오 머나먼 골짜기여, 오 산봉우리여"라는 곡이었는데, 어머니의 오랜 애창곡이기도 했다. 함께 노래를 부르다보니 어린 시절과 지난 여름휴가 동안 숲으로 소풍 왔던 즐거운 추억이 새록새록 떠올랐다. 마지막 소절이 끝나자마자 우리는 약속이나 한 듯 그때의 소풍과 어머니에 대해서 이야기하기 시작했다. 그 시절에 대해 이야기하면서 우리는 감사함과 뿌듯함을 느꼈다. 멋진 청춘의 날들과 고향에서 보낸 멋진 시간들이 우리 안에 있었기 때문이었다. 내가 로테와 손을 잡고 걷자 안나도 웃으면서 같이 손을 잡았다. 우리 셋은 그렇게 내내 손을 잡고 흔들면서 산등성이로 쭉 이어지는 길을 춤추듯 걸었다. 정말로 즐거웠다.

그리고 다시 비탈진 오솔길로 접어들어 시냇물이 흐르는 그늘진 골짜기로 내려갔다. 멀리서도 자갈과 바위 위로 물이 튀어오르는 소리가 들렸다. 냇가 더 위쪽에는 여름에만

문을 여는 유명한 가게가 하나 있는데, 나는 거기서 두 사람에게 커피와 아이스크림, 케이크를 사 주기로 했다. 비탈길을 내려와 냇가를 따라갈 때는 한 줄로 서서 걸어야 했는데, 나는 안나 뒤에서 그녀를 바라보면서 어떻게 하면 오늘 중으로 그녀와 단둘이서 얘기할 수 있을까 궁리했다.

마침내 좋은 생각이 떠올랐다. 우리는 벌써 목적지 근처에 도착한 상태였다. 냇가 풀밭에는 초롱꽃이 지천으로 피어 있었다. 거기서 나는 로테에게 먼저 가서 커피를 주문하고 우리가 앉을 예쁜 야외 테이블을 맡아놓으라고 시켰다. 아름다운 꽃이 이렇게 많이 피어 있으니 나는 안나와 함께 그사이 커다란 들꽃다발을 만들겠다고 하고. 로테는 좋은 생각이라며 먼저 갔다. 안나는 이끼 낀 바위에 앉아 고사리를 꺾기 시작했다.

내가 말을 꺼냈다.

"오늘이 내 마지막 날입니다."

"네, 아쉬워요. 하지만 분명히 곧 다시 오겠죠, 안 그래요?"

"누가 알겠어요? 어쨌든 내년에는 못 올 겁니다. 그리고 돌아온다고 해도 모든 게 이번 같지는 않겠죠."

"왜 이번 같지 않은데요?"

"그야, 그러려면 당신도 다시 여기에 있어야 하잖습니까!"

"뭐, 꼭 불가능한 법도 없죠. 하지만 이번에도 당신이 저때문에 오신 건 아니잖아요."

"그건 제가 당신을 아직 모를 때였으니까요, 안나 양."

"그렇기는 하죠. 그런데 당신, 지금은 제 일을 조금도 도와주지 않으시네요! 거기 옆에 초롱꽃 몇 송이라도 좀 꺾어주세요."

그 말에 나는 정신을 차렸다.

"꽃은 나중에 원하는 만큼 꺾어 드리겠습니다. 하지만 지금은 그보다 더 중요한 일이 있어요. 있잖습니까, 제가 당신과 단둘이 있을 수 있는 건 지금 몇 분밖에 없는데, 전 하루종일 이 시간을 기다려왔습니다. 왜냐하면, 제가 오늘 떠나야 하니까, 당신도 알겠지만, 그래요, 간단히 말하죠, 당신에게 물어보고 싶은 게 있어요, 안나."

그녀는 나를 응시했다. 그녀의 영리한 얼굴은 진지하면

서도 속상한 듯 보였다.

"잠깐만요!"

그녀는 두서없는 나의 말을 가로챘다.

"당신이 제게 무슨 말을 하려는지 알 것 같아요. 하지만 부탁인데, 하지 마세요!"

"하지 말라고요?"

"네, 헤르만. 왜 하면 안 되는지는 지금 말씀드릴 수 없어요. 그래도 알고 싶으시겠죠. 나중에 동생한테 한번 물어보세요, 로테는 다 알고 있어요. 지금은 우리 시간이 너무 없는데, 이건 슬픈 이야기거든요. 그리고 오늘은 우리 슬퍼하고 싶지 않잖아요. 그러니까 로테가 다시 올 때까지 이제 우리 꽃다발이나 만들어요. 어쨌거나 우린 좋은 친구로 남기로 하고 오늘은 그냥 서로 즐겁게 보내요. 그래줄 거죠?"

"저도 그러고 싶었죠, 할 수만 있다면요"

"그럼 좋아요, 잘 들으세요. 저도 당신과 마찬가지 상황이에요. 제겐 사랑하는 사람이 있는데 그 사람과 이뤄질 수가 없어요. 그리고 그런 상황에 처한 사람일수록 모든 우정을, 그리고 손에 넣을 수 있는 즐겁고 좋은 모든 것들을 다른 사람보다 두 배는 더 꽉 붙잡아야 해요. 안 그래요? 그래서 말씀드리는 거예요. 우리 좋은 친구로 지내요. 그리고 적어도 이 마지막 날만큼은 서로에게 밝은 얼굴을 보여주자고요. 그래줄 거죠?"

나는 나지막하게 그러겠다고 대답했다. 그리고 우리는 서로 악수를 나누었다. 시냇물은 졸졸 흐르며 우리에게 자잘한 물방울을 튀겼다. 우리가 만든 꽃다발은 크고 화려해졌다. 얼마 지나지 않아, 로테가 노래를 흥얼거리며 나타나더니 맞은편에서 우리를 불렀다. 로테가 우리 곁으로 오자, 나는 물을 마시는 척하며 냇가에 무릎을 꿇고는 흐르는 차가운 냇물에 잠시 이마와 눈을 담갔다. 그런 다음 꽃다발을 손에 들고 가게까지 얼마 남지 않은 길을 그들과 함께 걸어갔다.

단풍나무 아래 우리 테이블이 마련되어 있었다. 주인아주머니는 아이스크림과 커피, 비스킷을 준비해놓고 우리를 반갑게 맞아 주었다. 내 자신도 놀랄 만큼 나는 마치 아무 일도 없었던 것처럼 말하고 대답하고 먹었다. 나는 거의 쾌활하게, 그 자리에 어울리는 짧은 농담까지 하고, 다들 웃을 때에는 자연스럽게 함께 웃기도 했다.

그날 오후 안나가 얼마나 꾸밈없이 사랑스럽게, 그리고 위로하듯이 나를 그 수치심과 슬픔으로부터 벗어나도록 해 줬는지 결코 잊지 않을 것이다. 우리 둘 사이에 무슨 일이 있었다는 것을 아무도 눈치 채지 못하도록 그녀가 나를 아름다운 우정으로 대해줌으로써 나는 침착할 수 있었다. 나는 나보다 더 오래되고 더 깊은 아픔을 밝은 모습으로 참아 내고 있는 그녀를 높이 사지 않을 수 없었다.

우리가 다시 길을 나선 시간, 좁은 숲 골짜기는 초저녁의 어스름에 파묻혀 있었다. 하지만 서둘러 올라간 산마루에 서 우리는 지는 해를 다시 찾아냈고, 시내로 내려와 눈앞에 서 해가 사라지기 전까지 한 시간 동안 더 그 따스한 빛 속에서 걸었다. 나는 검은 전나무 수관 사이로 커다랗고 붉게 지는 노을을 바라보면서, 내일은 여기에서 멀리 떨어진 낯선 곳에서 저 해를 다시 보게 되겠구나 하고 생각했다.

온 집안 식구들에게 작별인사를 하고 나서 저녁에 로테와 안나가 나를 역까지 배웅해 줬다. 내가 탄 기차가 어둠 속으로 달려 나가기 시작하자 두 사람은 내게 손을 흔들어

주었다.

　나는 차창에 기대서 가로등과 불 켜진 창문들이 반짝이는 도시를 내다보았다. 우리 집 정원 근처에서 피처럼 붉은 강한 빛이 보였다. 동생 프리츠가 서 있었다. 양손에 벵골 폭죽*을 들고. 그리고 내가 그 옆을 지나가며 손을 흔드는 순간 프리츠는 로켓 폭죽을 수직으로 쏘아올렸다. 나는 창밖으로 몸을 내밀고 지켜보았다. 솟아오른 폭죽이 공중에 한참 머물다가 부드러운 활 모양을 그리며 붉은 불꽃비로 사라지는 그 모습을.

---

* 등불처럼 지속적으로 파란 빛을 내기 때문에, 신호용으로 자주 쓰였다.

회오리바람

Der Zyklon

박진권 옮김

1890년대 중반에 나는 고향의 작은 공장에서 급료 없이 수습공으로 일하다가, 그해에 고향을 완전히 떠났다. 늦여름에서 초가을로 넘어갈 무렵의 일이었다.

　열여덟 살이었던 나는 하루하루 하늘을 나는 새처럼 자유를 누리며 살아가고 있었는데, 정작 내 청춘이 얼마나 아름다운지에 대해서는 생각하지 않았다. 지난 일이 가물가물한 나이 많은 사람들은, 그해에 우리 고향 지역에 큰 폭풍이 불어닥쳤고 그 폭풍은 온 나라를 통틀어 전무후무한 재해였다는 것만 기억하면 된다. 공교롭게도 폭풍이 불어닥치기 이삼일 전에 나는 철로 된 끌에 왼손을 다쳤다. 손이

구멍이 난 것처럼 파이고 크게 부어올라서 붕대를 감고 있어야 했기 때문에 공장에 출근할 수가 없었다. 그렇지만 나는 예정에 없던 휴가가 생겨서 신이 났다.

늦여름이 다 지나도록 무더위가 골짜기를 꽉 채웠고, 때때로 뇌우가 온종일 몰아치기도 했다. 돌발적인 자연의 변화를 몸소 겪으며 막연하게 느꼈던 불안감을, 나는 지금도 또렷이 기억하고 있다. 예를 들면, 석양이 질 무렵 낚시를 가면 더위에 지친 물고기들이 평소와는 다른 이상행동을 보였다. 서로 머리를 맞대고 무리 지어 다니면서 물 위로 튀어 오르거나, 낚싯대를 물에 담그면 물속에서 탈출하려는 듯이 서둘러 미끼를 물곤 했다. 하지만 날씨가 조금 선선해지자, 물고기들의 그런 이상행동은 잠잠해졌고 뇌우도 사라졌다. 하늘은 푸르렀고 새벽 공기 속에서 가을 냄새가 맡아졌다.

어느 날 아침 나는 책 한 권과 빵을 챙겨서 집을 나섰다. 어렸을 때부터 습관적으로 종종 해오던 일이었다. 나는 나무 그늘이 가득한 정원으로 달려갔다. 정원에는 아버지가 심어둔 전나무들이 굵은 둥치를 드러낸 채 서 있었는데, 그

곳은 예전부터 상록수 외에 다른 나무는 자라지 않았다. 반면에 정원 가장자리의 길고 좁은 꽃밭에는 어머니가 가꾼 꽃들이 화려하고 풍성하게 피어 있었다. 어머니는 일요일마다 그 꽃들로 커다란 꽃다발을 만들곤 하였다. 붉은색의 꽃들은 '불타는 사랑', 하트 모양의 붉고 흰 꽃들이 달린 가는 줄기의 관목은 '여인의 마음', 또 다른 관목은 '향기로운 교만'으로 불렀다. 아직 꽃이 피지 않은 긴 줄기의 과꽃들도 있었고, 통통한 잎을 가진 셈페르비붐 텍토룸*이나 재미있는 모양의 쇠비름도 있었다. 좁고 긴 화단에는 수많은 꽃이 열을 지어 피어 있었는데 나의 꿈이자 애인이었다.

　나에게는 화단의 그 꽃들이 정원 가득 피어 있는 장미들보다 더 강렬했고 아름다웠다. 댕댕이덩굴 위로 태양이 비치면 각각의 풀들도 자신만의 아름다움을 드러냈다. 글라디올러스는 화려한 색을 자랑했고, 헬리오트로프**는 마술에 걸린 것처럼 이슬 속에서 슬픔에 잠겨 상심한 모습을 보였다. 시들어서 바닥으로 축 늘어진 줄맨드라미도 있었고

---

* 돌나물과의 다육 식물
** 보라색 꽃을 피우는 향이 짙은 식물

아켈라이는 덩굴손 위로 솟아올라 여름의 종을 울리고 있었다. 황금빛 나뭇가지와 푸른 풀꽃 주위로는 꿀벌들이 왱왱거렸고 댕댕이덩굴 위로는 나비들이 투명한 날개를 휘저으며 바삐 날아다녔다. 그 나비들은 '방탕자'나 '비둘기 꼬리'라고 불렀다.

나는 마치 축제일 같은 기분에 사로잡혀서 꽃들 사이로 이리저리 돌아다니며 꽃냄새를 맡거나 꽃잎을 벌려서 비밀스러운 꽃의 속살을 관찰했다. 구름이 떠 있는 아침의 하늘도 유심히 살펴보았는데, 증기와 같은 줄무늬 모양이나 양떼 모양의 작은 솜털 구름이 하늘 가득 어지럽게 떠 있었다.

오늘 안에 또다시 비구름이 하늘을 뒤덮고 비가 내릴 것처럼 보였지만, 나는 오후에 낚시를 가기로 마음먹었다. 그래서 지렁이를 잡으려고 울타리 옆에 있는 응회암 아래를 파보았는데, 회색의 쥐며느리들만 가득 기어 나오는 바람에 기겁해서 도망쳤다.

이제 무엇을 할까 궁리해 보았지만 딱히 좋은 생각이 나지 않았다. 1년 전까지만 해도 나는 마지막 방학에 들떠 있던 소년이었다. 지난해에 좋아하던 놀이는 개암나무로 만든 활로 과녁을 맞히거나 연날리기, 밭에서 발견한 쥐구멍을 화약으로 폭파시키기 같은 것이었다. 그때는 그 놀이들이 무척 신나고 짜릿했는데, 지금은 전혀 재미가 느껴지지 않았다. 마치 내 영혼의 한 부분이 지쳐서, 즐거움을 속삭여 주던 영혼의 목소리를 듣지 못하는 것 같았다.

불안한 정적 속에서 나는 어렸을 때 즐겁게 놀던 그 낯익은 장소를 둘러보았다. 작고 조용한 정원과 꽃으로 장식된 아름다운 발코니, 푸른 이끼가 낀 포석이 멋스럽게 깔려 있는 볕이 들지 않는 안뜰…… 하지만 어디에서도 예전의 기분을 느낄 수가 없었다. 애인처럼 아끼던 꽃들마저 매력적으로 느껴지지 않았다.

정원의 한구석에 수도관이 붙어 있는 낡은 물통이 있었다. 예전에 내가 여기에 나무 물레방아를 달고 반나절 동안 물통의 물을 흘려보내는 바람에 아버지를 곤란하게 만든 적이 있었다. 그 당시 나는 나름대로 길 위에 제방을 만들고 수로를 만들어서 물을 흘려보낸 것이었다. 그때는 망가진 이 물통이 나의 애인이자 오락거리였지……. 어린 시절의 추억이 떠오르자 즐거웠지만, 그 끝에는 슬픔을 느꼈다. 망

가진 물통은 이제 나에게 더 이상 개울이, 강이, 폭포가 아니었다.

우울한 기분으로 울타리 위로 올라갔다. 메꽃이 얼굴을 스쳤다. 나는 메꽃을 꺾어서 입에 물었다. 그리고 산책을 하면서 산밑의 도시를 내려다보기로 했다.

산책은 즐거웠다. 예전에는 이렇지 않았다. 아이들은 산책을 하지 않는다. 아이들은 도둑이나 기사 또는 인디언이 되어 숲속으로 뛰어가거나, 뗏목의 선주나 어부 혹은 물레방아를 만드는 목수가 되어 강으로 달려간다. 아니면 나비와 도마뱀을 잡으려고 초원으로 달린다. 아이들에게 산책은 아무 의미 없는 행동이었고, 스스로 무엇을 할지 모르는 위신 있고 지루한 어른의 활동이었다.

입에 물고 있던 푸른 메꽃은 금방 시들어 버렸다. 나는 길가 회양목의 가지를 꺾어서 껍질을 벗겨내어 질정질정 씹었다. 쓴맛이 났지만 향은 참 좋았다. 높이 자란 금잔화가 피어 있는 철도의 제방에서 초록색 도마뱀 한 마리가 기어오고 있었다. 도마뱀을 보니 어렸을 때 하던 또 다른 놀이가 떠올랐다.

나는 뛰어서 되도록 도마뱀 가까이까지 다가간 후에 납작 엎드려서 조용히 도마뱀 쪽으로 기어갔다. 그리고 도마뱀이 햇볕에 따뜻해진 내 손 위로 올라올 때까지 조용히 기다렸다. 녀석이 다가왔다. 보석같이 작고 빛나는 도마뱀의 눈이 보였고, 부드러우면서 힘찬 몸과 그 몸을 버티는 단단한 다리가 손가락 사이에서 느껴졌다. 하지만 어렸을 때 도마뱀을 잡으며 느꼈던 즐거움이 느껴지지는 않았다. 그래서 나는 잡았던 도마뱀을 놓아주었다. 도마뱀이 놀랐는지 잠시 숨을 내쉬며 가만히 있다가 곧바로 수풀 속으로 자취를 감췄다.

그때 햇빛을 받아 반짝거리는 철도의 레일 저쪽 끝에서 기차 한 대가 달려오더니 빠른 속도로 내 옆을 지나쳐 갔다. 그 순간 '이제 여기서는 어렸을 때 느꼈던 즐거움을 더 이상 느낄 수 없다'는 것을 분명하게 느꼈다. 기차를 타고 미지의 세상으로 달려가고 싶은 충동이 강하게 일었다.

나는 주위에 역무원이 있는지 살펴보았다. 아무도 없었다. 그래서 재빨리 철길을 건넌 다음, 맞은편에 있는 험한 암벽을 기어오르기 시작했다. 군데군데 바위에 선로 공사를 할 때 폭발용 탄약을 넣었던 구멍들이 여전히 남아 있었고, 바위 틈새로 시든 금잔화 가지들이 뻗어나와 있었다. 붉은색의 암벽은 태양의 따뜻한 기운이 숨 쉬는 듯했다. 바위를 기어오르는데 따뜻한 모래가 소매 안으로 들어왔다. 위를 쳐다보니 가파른 암벽 너머의 찬란한 하늘이 눈 속으로 쏟아져 들어왔다. 나는 힘들게 바위 꼭대기까지 올라가서 암벽 모서리에 몸을 기댔다. 가시가 돋은 아카시아 줄기를 붙잡고 조금만 더 올라가면 가파르게 경사진 풀밭이 나오리라. 아래로 열차가 지나가는 이 작고 비탈진 풀밭은 어린 시절의 내게는 소중한 보금자리였다.

이 비탈에는 너무 질겨서 베지 못한 잡초들과 가시가 솟은 작은 장미나무, 바람에 날려 와 뿌리내린 키 작은 아카시아 나무들이 있었다. 나무의 엷게 비치는 꽃잎 사이로 햇살이 내리쬐고 있었다. 붉은 성벽 때문에 자연적인 요새가 된 이 고요한 성에서 나는 로빈슨 크루소가 되어 머물곤 했다. 가파르게 솟은 벽의 보호를 받는 이 조용한 성은 모험정신과 용기를 가진 사람 외에는 어느 누구의 발길도 허락하지 않았다. 이미 열두 살 때 바위에 정으로 내 이름을 새겨놓은 이곳에서 나는 《로자 폰 탄넨베르크》*를 읽거나, 쇠락해가는 이름 모를 인디언 추장의 이야기를 제법 진지하게 소설로 끄적이기도 했다.

바람도 불지 않는 무더운 햇살 아래서 잡초들은 말라 부스럭거리며 경사진 언덕에 드러누워 있었고, 금잔화 잎도 햇볕에 타서 쓰디쓴 냄새를 잔뜩 풍기고 있었다. 나는 일어나서 엷은 아카시아 꽃잎이 푸른 하늘 아래에서 햇빛에 반사되는 모습을 바라보며 생각에 잠겼다. 내 삶과 미래에 대해 생각하기에 좋은 시간이었다.

하지만 내 삶에 새로운 것이 하나도 안 보였다. 점차 가난이 내 삶을 위협하고 상념들이 빛을 잃어 간다는 것만을 깨달았을 뿐이다. 내 의지에 반하여 포기했거나 완전히 잃어버린 어린 시절의 행복은 내가 가진 직업으로 전혀 보상이 되지 못했다. 나는 내 직업을 그리 좋아하지 않았고, 그래서 오래도록 성실하게 일할 수는 없을 것 같았다. 나에게 직업은 새로운 만족을 줄 수 있는 바깥 세계로 가는 길일 뿐이었

* 폰 슈미트(Christoph von Schmid)의 작품. 영웅적인 처녀 기사 이야기다.

다. 이러한 만족은 도대체 어떤 것이었을까.

더 큰 세계를 바라보면서 돈을 벌 수도 있고, 어떠한 일을 실행하거나 계획하기 전에 부모와 굳이 상의하지 않을 수도 있었다. 또한 일요일마다 기도를 하며 맥주를 마실 수도 있었다. 그러나 전부 다 지엽적인 것들이며, 나를 기다리는 바깥 세계의 새로운 삶과는 별개의 일이었다. 나는 그 사실을 아주 잘 알고 있었다. 본질적인 것은 다른 곳에 있으며 더 깊고 아름다우며 심오하리라. 그리고 아마도 여인이나 사랑과 관련되어 있으리라. 거기에는 깊은 쾌락과 만족이 있으리라. 만약 그렇지 않다면 어린 시절에 느끼던 즐거움을 포기한 것이 무의미하지 않은가.

나는 사랑에 대해 잘 알고 있었다. 많은 연인을 지켜보았고 황홀한 즐거움을 주는 연애시도 읽었다. 나 자신도 여러 번 사랑을 느껴보았고, 꿈속에서도 사랑을 얻기 위해 생명을 걸고 맹목적으로 사랑에 헌신하며 죽음을 느껴보기도 했다. 내 친구 중에는 아가씨와 어울려 다니는 동창들도 있었고, 일요일에 무도장에 가거나 밤에 연인의 방 창문으로 기어오른 일을 거리낌 없이 말하는 공장 동료도 있었다. 그러나 나에게 그런 연애는 아직 닫혀 있는 정원이었고, 그 문밖에서 수줍은 동경을 품은 채 마냥 기다리고 있었다.

지난주에 끝에 상처를 입기 전, 나는 처음으로 내면의 분명한 부름을 들었다. 그 이후 내 마음은 불안하고 붕 뜬 상태가 되어 버렸다. 지금까지의 생활은 과거가 되어 버리고 미래만이 나에게 분명한 의미를 가지게 되었다.

어느 날 저녁, 우리 공장의 이등 수습공이 집으로 돌아오는 길에 이런 말을 했다. 나를 사랑하는 아름다운 여인이 있는데, 그녀는 지금까지 다른 남자와 사귄 적도 없고 나 이외에는 아무도 마음에 두고 있지 않으며 내게 주려고 비단 주머니를 짜고 있다는 것이었다. 하지만 이름은 말해 주려 하지 않았다. 아마도 그녀가 누구인지 내가 알 거라고 생각한 모양이었다.

내가 그녀의 정체를 캐묻다가 나중에 무관심한 태도를 취하자, 그가 걸음을 멈추었다. 그때 우리는 물레방앗간의 다리 위에 서 있었다. 그가 작은 목소리로 내게 말했다.

"바로 우리 뒤에 오고 있어."

나는 반쯤은 기대하고 반쯤은 농담일 거라고 생각하면서 뒤를 돌아보았다. 우리 뒤로 방직공장에서 나온 젊은 처녀가 다리의 계단을 올라오고 있었다. 견진성사 성서 강독 수업을 함께 받았던 베르타 푀크틀린이었다. 베르타는 멈춰서서 나를 보고 웃으며 얼굴을 붉혔다. 나는 후다닥 뛰어서 집으로 돌아왔다.

그 후 나는 두 번 베르타와 마주쳤다. 한 번은 그녀가 일하는 방직공장 근처에서였고 또 한 번은 집으로 돌아가는 길에서였다. 베르타는 나를 보고 "벌써 일이 끝났어요?" 하고 물었다. 그 말이 나와 좀 더 대화하고 싶다는 뜻인 걸 알았지만 나는 당황해서 "네" 하고 고개를 숙인 후 발걸음을 재촉했다.

나는 여기에 온통 신경이 쓰였고, 도무지 어떻게 해야 할지 알 수 없었다. 아름다운 여인과의 사랑은 자주 꿈꿨다. 그런데 이제 현실에서 키가 크고 아름다운 금발의 여인이 나타나서 나의 키스를 원하고 나의 팔에 기대어 편히 쉬기를 원했다. 그녀는 생기발랄했고 하얀 피부에 혈색이 좋았으며 시선은 나에 대한 기대와 사랑으로 가득 차 있었다.

그러나 나는 단 한 번도 베르타를 생각하거나 반한 일이 없었다. 달콤한 꿈속에서조차 그녀의 뒤를 따라가 본 적이 없고, 잠자리에 누워서 그녀의 이름을 불러본 적도 없었다. 원한다면 나는 그녀를 사랑하고 나의 것으로 만들 수도 있었지만 나는 그녀를 사랑하지 않았다. 그녀 앞에 무릎을 꿇고 앉아서 사랑을 갈구하거나 연모할 수도 없었다. 도대체 어떻게 해야 하나? 무엇을 어떻게 해야 한단 말인가?

기분이 좋지 않아 나는 풀밭에서 일어났다. 아, 정말 불쾌한 기분이었다. 내일 당장 하던 일을 그만두고, 어디로든 멀리 여행을 떠나 버리고 싶었다. 모든 것을 잊어버리고 새로운 삶을 시작하고 싶었다.

무슨 일이라도 해서 내가 살아 있다는 것을 깨달아야 했다. 나는 산꼭대기에 오르기로 마음먹었다. 높은 곳에 올라가면 먼 곳까지 바라볼 수 있을 것이다. 나는 저 뒤 바위가 있는 곳까지 경사진 언덕을 정신없이 뛰어 올라간 후에, 바위와 바위 사이를 기어서 나무와 바위로 뒤덮인 인적 없는 황량한 산등성이를 달려 올라갔다. 숨이 턱 끝까지 차오르고 온몸이 땀에 젖어 산 정상에 도착했다. 나는 태양이 비치는 산 정상의 공기를 해방된 듯한 기분으로 들이마셨다.

시들어 버린 장미가 걸린 덩굴을 스쳐 지나갈 때 꽃잎이 바스락거리며 부서져 바닥으로 떨어졌다. 초록색의 작은 산딸기들이 자라고 있었는데 햇볕을 받은 쪽은 금속과 같은 느낌의 연한 갈색을 띠었다. 나비는 햇빛을 받으며 조용히 날아와서 반짝거리며 하늘을 날았다. 푸른색의 가루를 뿌리는 가새풀의 꽃에는 붉고 검은색의 반점이 난 딱정벌레들이 무수히 앉아서 길고 가는 다리를 기계적으로 움직이고 있었다. 이미 하늘의 구름은 모두 사라져 버리고, 가까운 산 숲의 검은 전나무의 끝에서 짙고 푸른 하늘이 예리하게 뚝뚝 끊어진 채로 모습을 드러내고 있었다.

나는 학생 때 가을이면 언제나 올라와서 모닥불을 피웠던 가장 높은 바위에 올라가서, 뒤를 돌아다보았다. 그림자가 반쯤 드리워진 계곡 아래로 햇빛을 받은 강의 물줄기가 빛을 뿜어냈고, 하얗게 반짝이는 물레방아 둑도 보였다. 저 멀리로 갈색의 지붕들이 가득한 오래된 우리 동네가 보였고, 그 위로는 굴뚝에서 푸른 연기가 조용히 하늘로 피어오르고 있었다. 우리 집도 보이고 오래된 다리도 보였으며, 붉은 불꽃이 타오르는 작은 대장간이 있는 우리 공장도 보였다. 강 아래로 내려오면 방직공장이 보였는데, 평평한 지붕에 풀이 자라고 있었다. 하얀 유리창이 난 저 건물의 실내에서 베르타 퓌크틀린이 다른 사람들과 함께 일하고 있을 것이다. 아아, 그녀! 나는 그녀에 대해 아무것도 알고 싶지 않았다.

정원, 놀이터, 고향 구석구석의 모든 것이 친밀하게 나를 맞이했다. 교회 시계탑의 금빛 바늘이 반짝였고, 그늘진 물레방아 수로에는 집들과 나무들이 서늘한 검은빛으로 반사되어 비치고 있었다. 다만 나만이 변했을 뿐이다. 나와 이러한 풍경 사이에 어색함이 자리 잡게 된 것은 나 자신 때문이었다. 암벽과 강과 숲으로 이루어진 이 작은 공간에서 나의 삶은 불분명했고, 더는 만족하며 지낼 수 없었다. 내 삶은 고향과 강한 끈으로 복잡하게 연결되어 있었으나 결코 이곳에 뿌리박지 않고, 좁은 세계를 벗어나 높은 담 너머에 있는 새로운 세계로 나가려는 동경으로 가득 차 있었다.

깊은 슬픔에 잠겨 아래쪽을 내려다보니, 내 인생의 희망인 아버지의 말씀과 내가 존경하는 시인의 말이 나 자신의 숨은 맹세와 감정 속에 엄숙하게 자리 잡았다. 어른이 되고 자신의 운명을 의식한다는 것이 진지하고 신성한 일로 여겨졌다. 그리고 이런 생각은 베르타 푀크틀린 때문에 복잡해진 내 마음 속에 하나의 빛이 되어 스며들었다. 베르타가 예쁘고 또한 나를 사랑할지라도, 그렇게 아무 노력 없이 그녀를 통해 행복을 얻고 완성하는 것은 나와 관계없는 일 같았다.

어느새 정오가 가까워졌다. 나는 산을 오르는 데 흥미를 잃어버리고, 생각에 잠겨서 거리로 내려가는 작은 길로 들어섰다. 어렸을 적에 여름마다 무성한 쐐기풀을 헤치며 공작나비의 검은 유충을 잡던 작은 철교의 밑을 지나고 묘지의 담벼락 옆을 지나는데, 묘지 문 앞에 이끼가 잔뜩 낀 호두나무가 짙은 그림자를 드리우고 있었다. 문이 열려 있었고 그 안에서 샘물이 흐르는 소리가 들렸다. 바로 옆에는 축제 때 이용하는 커다란 홀이 있었는데, 오월제와 스당* 함락 기념제 때 음식을 올리고 술을 마시거나 연설을 하고 무도

---

* 스당(Sedan). 프랑스 동북부의 뫼즈강 연안에 있는 공업 도시. 보불전쟁(프로이센 대 프랑스)과 두 차례 세계 대전의 격전지다.

회를 개최하곤 했다. 지금은 고즈넉한 분위기 속에 늙은 밤나무 그늘에 숨어서 조용하게 잊혀가고 있었다.

계곡 아래로 햇살이 잘 비치는 강가의 길 위에는 오후의 열기가 가득했다. 길가의 집들 위로 햇살이 한가득 쏟아져 내렸고, 그 집들의 맞은편 강 언덕에는 물푸레나무가 사방에 아무렇게나 자라고 있었으며 단풍나무의 잎이 늦여름같이 누렇게 물들어 있었다. 나는 습관적으로 강가로 가서 물고기들을 찾아보았다. 마치 유리처럼 투명한 물속에는 무성한 수염이 달린 해초가 긴 줄기를 부드럽게 흔들고 있었고, 해초 사이사이로 통통하게 살찐 물고기들이 강물의 상류로 머리를 둔 채 천천히 꼬리를 흔들고 있었다. 때때로 검은 물고기들이 무리 지어 몰려다니는 모습도 보였다.

아침에 낚시를 가지 않기를 잘했다고 생각했다. 그러나 대기의 기운이나 물의 흐름, 투명한 물속의 크고 둥근 바위들 사이에서 짙은 빛깔의 늙은 잉어가 쉬는 모양을 보니 오후에는 고기가 낚일 것 같았다. 나는 그 생각을 하며 앞으로 걸어갔다. 그리고 햇살이 쏟아지는 거리를 지나 우리 집 대문 안으로 들어서서, 지하실같이 시원한 집 현관으로 발을 들여놓았다. 그러자 "후우" 하는 깊은 한숨이 절로 나왔다.

"오늘은 다시 폭풍이 불겠구나."

날씨에 민감한 아버지가 식사를 하다가 말했다. 나는 하늘에 구름 한 점 없고 서풍도 불지 않는다며 아닐 거라고 했지만, 아버지는 웃었다.

"공기가 저렇게 팽팽한데, 넌 모르겠니? 하지만 이제 곧 알게 될 거다."

물론 날씨는 찌는 듯이 더웠고 하수도는 썩는 듯이 지독한 냄새를 풍겼다. 등산을 하면서 더위를 먹어서인지 피로가 몰려와서 나는 정원으로 나 있는 베란다로 나가 쉬었다. 졸음이 밀려와서 멍한 채로 하르툼*의 영웅 《고든 장군의 이야기》를 읽었다. 그러는 와중에 나도 폭풍이 닥쳐올 거라는 느낌이 들었다. 하늘은 여전히 푸르렀으나 공기가 점점 무거워지면서 마치 태양 앞에 뜨거운 구름이 층층이 놓여 있는 것 같았다.

---

* 아프리카 수단에 있는 도시. 1884년 이슬람 반군 세력이 독립운동이 일어나자 영국이 찰스 고든 장군을 파견하는데, 고든 장군은 반군 세력에게 포위된 채 여러 달을 버티다가 결국 처형되었다. 서구권에서는 종종 영웅으로 묘사되지만 제국주의적 입장이라는 비판을 받았다

나는 2시에 집 안으로 들어가 낚시 도구를 챙겼다. 낚싯줄과 낚싯대를 점검하는데 벌써 고기를 낚은 듯이 흥분되었고, 아직도 내게 열정이 남아 있는 것에 감사했다.

　그날 오후는 짓누르는 듯한 무더위가 기승을 부렸다. 나는 고기 망태기를 들고 집 그림자가 내려앉은 강 아래쪽의 작은 다리 밑으로 갔다. 근처 방직공장에서 마치 벌이 앵앵대는 소리 같은 기계의 단조로운 반복음이 들려왔다. 위쪽 물레방앗간에서는 이가 빠진 톱날에서 찌걱거리는 소리가 기분 나쁘게 들려왔다. 그 외에는 아주 조용했다. 직공들은 모두 공장 안에 있었고 길에는 사람의 그림자도 보이지 않았다. 물레방아가 있는 섬에는 젖은 바위 사이를 어린아이가 벌거벗고 돌아다니고 있었다. 목공소 앞 벽에 세워둔 생나무 판자에서는 햇볕에 마르는 냄새가 고약하게 났다. 바람을 타고 흘러든 그 냄새는 물비린내와는 확연히 다른 냄새를 풍겼다.

　물고기들은 날씨가 다르다는 것을 아는지 평소와 달랐다. 처음 15분 동안은 쥐노래미가 몇 마리 잡혔고, 아름다운 빨간 지느러미를 가진 통통하고 커다란 물고기 하나는 손으로 낚아채는 순간 줄을 끊고 달아나 버렸다. 그와 동시에 물고기들이 불안을 느꼈는지, 진흙 속으로 쥐노래미들이 깊이 숨어 버리고 입질을 하지 않았다.

강 위쪽으로는 어린 물고기들이 떼 지어 다녔는데, 마치 도망치듯이 움직였다. 이 모든 것은 날씨가 바뀌고 있다는 것을 보여주었다. 호수는 유리같이 잔잔했으며 하늘에는 구름 한 점 없었다.

지저분한 물이 강으로 흘러 들어와서 물고기들을 쫓아 버린것 같았다. 하지만 나는 낚시를 그만둘 마음이 없어서 새로운 곳을 찾다가 방직공장의 하수도가 있는 곳으로 갔다. 방직 공장의 창고 옆에서 괜찮은 자리를 발견하고 낚시 도구를 풀어놓기 시작했다. 그때 베르타가 공장의 계단 쪽 창가로 나오더니 나에게 손짓을 했다. 하지만 나는 못 본 척하고 계속 낚시 도구를 정리했다.

검은색의 제방을 따라 물이 흐르고 있었다. 다리 사이로 머리를 숙이고 앉아 있는 내 그림자가 흐르는 물에 비치며 물결따라 흔들렸다. 베르타가 창가에 서서 내 이름을 불렀지만 나는 고개를 돌리지 않고 가만히 낚싯대만 들여다보았다.

낚시질을 계속하는 것은 불가능할 것 같았다. 물고기들조차 마치 급한 볼일이라도 있는 것처럼 산만하게 물속을 헤엄쳐 다녔다. 나는 짓누르는 태양의 열기에 지쳐서 아무런 기대도 없이 낮은 담 위에 앉아서 빨리 해가 졌으면 하고 생각했다. 등 뒤로는 방직공장의 기계 소리가 끊임없이 들려왔고 개울물은 이끼가 가득 낀 제방에 부딪히며 조용하게 흘러갔다. 나는 피곤하여 아무 일도 하기 싫었다. 낚싯줄을 감기도 귀찮아서 가만히 앉아 있었다.

멍한 상태로 30분가량 지났을까, 갑자기 불안하고 매우 불쾌한 기분에 퍼뜩 정신이 들었다. 공기는 건조하고 무거웠다. 제비 몇 마리가 놀란 것처럼 물 위를 스치듯이 낮게 날았다. 나는 현기증이 났고, 혹시 일사병에 걸린 것이 아닐까 생각했다. 물은 더욱 역한 냄새를 풍겼다. 위에서 신물이 올라오면서 메슥거렸다. 메슥거림 때문에 얼굴이 상기되고 이마에서는 땀이 흘러내렸다. 물에 손을 담가 식힌 후에 낚싯줄을 감고 낚시 도구를 정리하기 시작했다.

정리를 끝내고 일어서는데, 방직공장 앞 광장에서 먼지가 이리저리 빙글빙글 소용돌이쳤다. 그러다가 갑자기 하늘 위로 솟구치더니 구름 속으로 사라졌다. 스산한 하늘을 새들이 어지럽게 날아다녔다. 그리고 마치 심한 눈보라가 치듯이 하늘이 흰빛을 띠었다. 갑자기 차가워진 바람이 내가 있는 방향으로 불어와 낚싯줄을 휘날렸고, 흙과 모래와 나뭇조각들을 하늘로 날려 보냈으며 마치 주먹으로 치듯이 내 얼굴로 들이쳤다.

나는 어떻게 된 일인지 알 수가 없었다. 다만 무서운 일이 일어나고 있으며 대단히 위험하다는 느낌이 들었다. 놀란 나는 공포에 휩싸인 채 정신없이 달려서 창고 안으로 뛰어 들어갔다. 그리고 쇠기둥을 꽉 붙잡았다. 나는 동물적인 불안감에 사로잡혀서 현기증이 나고 숨도 제대로 쉬어지지 않았다.

그런 상태로 몇 분간 서 있다가 겨우 정신을 차렸다. 지금까지 본 적도 없고 생각지도 못했던 폭풍이 악마처럼 지상을 훑고 있었다. 하늘 높은 곳에서 무섭고 사나운 바람이 미쳐 날뛰는 소리가 들렸다. 창고 지붕과 창고 앞의 땅 위로 커다란 우박이 사납게 쏟아져 내리고 있었고 큰 얼음덩어리가 내 앞을 굴러다녔다. 우박과 바람이 내는 소리는 무시무시했다. 강물은 사납게 튀어 올랐으며 거친 물살이 제방을 때렸다.

나뭇조각, 지붕의 판자, 나뭇가지들이 박살나서 허공에 날아다녔고, 돌과 석회 조각들이 떨어져나가고 그 위로 우박이 쏟아지는 모습이 한순간에 눈에 들어왔다. 단단한 망치로 두들기는 듯한 소리와 기와가 깨지며 부서져 떨어지는 소리, 유리가 깨지고 빗물 홈통이 날아가 부서지는 소리가 들렸다.

그때 한 사람이 방직공장에서 나와 폭풍 속으로 몸을 던져서 우박이 쏟아져 내리는 마당을 가로지르며 내게 달려왔다. 그 사람은 처참하게 뒤엉킨 폭풍 속을 뚫고 비틀거리며 내 쪽으로 가까이 다가왔다. 베르타였다. 그녀는 창고로 들어오자마자 내게로 달려와서 사랑이 가득한 커다란 눈동자를 한 낯익은 얼굴로 슬픈 미소를 지었다. 그녀의 뜨거운 입술이 내 입술 위에 닿았고, 그녀의 양팔은 내 목을 휘감았다. 우리는 숨도 쉬지 않고 오래도록 키스했다. 비에 젖은 그녀의 머리카락이 눈앞에서 어른거렸다. 우박의 폭풍이 세상을 뒤흔드는 동안, 잊을 수 없는 사랑의 폭풍이 나를 습격하고 있었다.

우리는 말없이 서로를 꼭 껴안은 채로 널빤지 위에 앉아 있었다. 나는 놀란 채로 베르타의 머리를 쓰다듬고 내 입술을 그녀의 도톰하고 팽팽한 입술 위로 가져갔다. 그녀의 정열이 달콤하고도 괴롭게 나를 감쌌다. 나는 두 눈을 감았다. 베르타는 내 머리를 가슴으로 안아주었고, 부드럽고도 떨리는 손으로 내 얼굴과 머리를 쓰다듬었다.

나는 지금까지 느껴보지 못한 기쁨에서 깨어나 눈을 떴다. 베르타가 슬픔에 찬 아름다운 얼굴로 나를 바라보고 있었다. 베르타의 눈은 멍하니 나에게 고정한 채였다. 헝클어진 머리카락 아래 환한 이마에는 한 줄기의 피가 얼굴을 지나 목까지 흘러내리고 있었다.

"무슨 일이에요? 도대체 어떻게 된 거예요?"

나는 걱정스러워서 베르타에게 물었다. 그녀는 깊은 눈으로 내 눈을 바라보면서 힘없이 웃으며 말했다.

"세상이 전부 무너져서 사라지는 것 같아요."

베르타가 조용히 말했다. 하지만 폭풍의 굉음이 베르타의 말을 삼켜 버렸다.

"피가 흐르고 있어요."

"우박 때문이에요. 괜찮아요. 무서워요?"

"아니요. 당신은요?"

"나는 조금도 무섭지 않아요. 도시 전체가 온통 무너져 내릴 것 같아요. 당신은 왜 나를 사랑하지 않나요?"

나는 아무 말도 못 하고 마법에 사로잡힌 것처럼 슬픔으로 가득한 베르타의 맑고 큰 눈을 바라보았다. 그 눈이 내 눈으로 다가오고 그 입술이 무겁게 다가와 내 입술에 닿는 동안, 나는 그녀의 진실한 눈을 바라보았다. 눈 옆의 흰 피부 위로 빨간 피가 가늘게 흘러내리고 있었다. 감각에 취해 마비되어 있는 동안, 나의 마음은 감정의 폭풍 속에서 내 의지와 달리 감정의 노예가 될까봐 초조해하면서 속박되지 않으려고 필사적으로 저항했다. 나는 베르타를 외면하고 일어섰고 그녀는 내 시선에서 내가 자신을 동정하고 있다는 것을 읽었다.

베르타는 고개를 들고 애원하듯이 나를 올려다보았다.

그리고 내가 걱정스러운 마음으로 손을 내밀자, 양손으로 내 손을 붙잡고 얼굴을 묻은 채로 꿇어앉아 울기 시작했다. 뜨거운 눈물이 떨리는 내 손 위로 흘러내렸다. 나는 당황하여 베르타를 내려다보았다. 그녀는 내 손에 얼굴을 묻은 채 흐느껴 울고 있었고, 목덜미의 부드러운 솜털이 바르르 떨렸다.

만약 이 여인이 내가 정말 사랑하고 영혼을 바칠 수 있는 이였더라면, 이 사랑스러운 금발을 애정 어린 손길로 어루만지고 하얀 목에 키스했을 텐데……. 그러나 나는 점차 냉정해졌다. 내 청춘과 이상을 바칠 수 없는 여인이 내 앞에 무릎을 꿇고 앉아 울고 있는 모습을 보는 게 안타깝고 괴로웠다.

미묘하게 마음이 움직이는 동안 매우 긴 시간이 흐른 것 같았다. 하지만 긴 시간으로 기억에 남아 있는 이 마법 같은 시간은 불과 몇 분 사이의 일이었다.

하늘은 갑자기 맑아지고 햇살이 비쳤으며, 푸른 하늘이 한 조각씩 모습을 드러내고 있었다. 폭풍의 혼란과 소음은 칼로 자른 것처럼 사라지고, 믿을 수 없을 정도로 고요한 순간이 우리에게 찾아왔다.

　나는 환상적인 꿈의 동굴에서 나온 것처럼 창고에서 나왔다. 내가 살아 있다는 것이 놀라웠다. 황폐한 마당은 말도 못할 지경이었다. 땅은 패어 말굽에 짓밟힌 것 같았고, 사방에 큰 우박이 쌓여 있었다. 내 낚시 도구는 어디론가 사라져 버렸고 고기를 담는 망태기도 없어졌다. 공장에서는 사람들이 모여서 웅성대고 있었고 깨진 문으로는 사람들이 밀려 나왔다. 바닥은 깨진 유리 조각들과 벽돌들로 어지러웠다. 함석으로 만든 기다란 물받이는 뜯기고 구부러져서 건물 옆에 매달려 있었다.

　나는 마법과도 같은 시간의 모든 일을 잊어버리고, 폭풍이 얼마나 피해를 주었는지 둘러보려는 불안한 호기심으로 가득했다. 공장의 깨진 창문과 벽돌들은 처음 봤을 때는 황폐하고 암담해 보였으나, 폭풍의 한가운데에서 보고 느꼈던 공포와 절망에 비할 바가 아니었다. 나는 안심이 되면서도 이상하게 실망감을 느끼면서 꿈에서 깨어난 것처럼 크게 숨을 내쉬었다. 집들은 언제나처럼 서 있었고, 산과 골짜기는 여전히 그 자리에 있었다. 세계는 무너져 내리지 않은 것이다.

공장의 마당을 지나서 다리를 건너 골목으로 걸어가면서 피해를 입은 거리의 모습을 보았다. 길가에 부서진 덧문의 조각들이 어지럽게 흩어져 있었고, 굴뚝은 부서졌으며, 무너진 지붕도 보였다. 집 밖으로 나온 사람들은 매우 놀라고 슬픔에 젖어 있었다. 그림으로만 보았던 점령과 약탈을 당한 거리 모습과 흡사했다. 돌들과 나뭇가지들이 길을 가로막고 있었고 나뭇조각과 파편들 위로는 부서진 창문 자리만 텅 빈 구멍으로 남아 있었다.

아이를 잃어버려서 찾는 사람도 있었고 들에서 우박을 맞아서 쓰러진 사람도 있다고 했다. 땅바닥에 떨어져 있는 우박은 은화 크기만 한 것도 있었고 그보다 훨씬 더 큰 것도 있었다.

나는 우리 집의 피해가 걱정되어 발걸음을 재촉했다. 길을 가로막고 있는 장애물들을 피해가는 것보다 차라리 마을 외곽으로 돌아가는 게 더 빠를 것 같았다. 길을 걷다가 어린 시절에 자주 가서 놀던 장소에 이르자 추억들이 떠올랐다. 축제가 있을 때마다 열리던 오래된 큰 홀에 들어가 보고 싶었다. 불과 네댓 시간 전에 그곳을 지나왔다는 생각이 머리를 스치자 새삼 놀라웠다. 마치 아주 오랜 시간이 흐른 것만 같았다.

거리를 돌아 나와 낮은 다리를 건넜다. 붉은 돌로 지은 우리 교회의 탑은 그대로 서 있었고 체육관도 별 피해가 없었다. 저 멀리 보이는 오래된 음식점은 예전과 다름없어 보였으나 웬일인지 조금 쓸쓸해 보였다. 처음에는 그 이유를 곧바로 알아차리지 못했다. 하지만 곰곰이 생각해보니 그 집 앞에 서 있던 두 그루의 큰 포플러나무가 떠올랐다. 그 나무들이 지금 보이지 않았다. 친근했던 어릴 적 풍경이 이제 영원히 사라진 것이다.

그때 더 많은 것이, 더 귀중한 것이 사라지지 않았을까 하는 불길한 예감이 들었다. 그리고 내가 고향을 얼마나 사랑하는지, 나의 마음속 행복이 고향의 지붕과 탑, 다리, 길, 나무, 정원 그리고 숲이 주는 혜택에 얼마나 의존하는지 새삼스럽게 깨달았다. 순간의 깨달음이 가져온 흥분과 상실에 대한 불안감으로 나는 큰 홀로 달려갔다.

그리고 내가 가장 사랑하는 추억의 장소가 말할 수 없을 정도로 파괴되어 황폐해진 모습을 보았다. 그늘에서 축제를 즐기고, 서너 명이 손을 잡고 둘러싸도 안을 수 없을 만큼 밑동이 두꺼웠던 늙은 떡갈나무는 꺾이고 뿌리째 뽑힌 채 넘어져 있었다. 떡갈나무가 있던 자리에는 집채만큼 커다란 구덩이가 파여 있었다. 다른 나무들도 제자리에 없어서 마치 전쟁의 상흔을 보는 것 같았다. 보리수와 단풍나무도 뒤엉킨 채 쓰러져 있었다. 그 넓은 공간에는 부러진 나뭇가지와 밑동, 파헤쳐진 뿌리와 흙덩이들만이 사방에 널브러져 있었다. 커다란 나무들이 꺾이고 나뭇가지들은 부러지고 구부러져 형체를 알아볼 수 없을 정도였다.

　더는 앞으로 갈 수 없었다. 마구 쓰러져 있는 나무와 나뭇조각들이 산더미처럼 쌓여서 광장과 길을 가로막고 있었다. 어린 시절부터 지금까지 성스러운 그늘과 커다란 나무가 있었던 이곳은 이제 텅 빈 하늘 아래 폐허만이 남아 있을 뿐이었다. 마치 나 자신의 뿌리가 뽑혀서 백일하에 내동댕이쳐진 기분이었다. 온종일 근처를 돌아다녀 보았으나 친숙한 숲길도, 어렸을 적에 기어오르던 호두나무나 참나무도 모두 사라지고 없었다. 거리는 가는 곳마다 파편과 웅

덩이, 무너져 내린 숲의 잔해, 햇빛에 뿌리가 노출되어 말라가는 죽은 나무들뿐이었다.

지금의 나와 어린 시절의 나 사이에 넓은 간격이 생겼다. 고향은 이미 예전의 고향이 아니었다. 지난날의 즐거운 기억과 풋풋한 기억들은 이제 더는 없었다. 어른이 되기 위해서 그리고 내 삶에 남은 어두운 그림자를 이겨내기 위해서, 나는 이 도시를 떠났다.

청춘의 기쁨과 희망
그리고 사랑을 담은 성장 보고서

우리나라 독자들이 사랑하는 작가 헤르만 헤세는 평생 방대한 작품을 남겼는데, 걸출한 장편작들에 비해 단편작들은 상대적으로 덜 알려진 편이다. 저자의 자전적 단편들에는 유년과 청춘의 추억, 질풍노도 같은 시간을 어떻게 통과했는지가 우아하고 섬세한 문체로 표현되어 있다. 그래서 그의 작품들을 읽다 보면 독자는 카메라를 들고 현장에 출동한 것마냥 주인공의 시절로 돌아가서 주인공과 동행하며 그의 느낌을 공유하게 된다.

헤세가 이끌어가는 고향, 고향집, 마을, 시내, 언덕, 들판, 골목길과 아는 사람들의 집이나 일터 등은 이국적인 냄새가 물씬 풍기는 낯선 곳이 아니라, 차츰 익숙한 풍경이 되어간다. 헤세는 여행 안내인이 되어 독자를 아름답고 순수한 자연, 목가적 풍경이 펼쳐지는 마을, 인자하고 온화한 아버지와 어머니, 명랑하고 즐거운 형제, 자매, 친구, 인정 많은 친척과 지인 들의 일상으로 이끈다. 그를 따라가다 보면 정체성의 혼란을 겪던 소년이 성숙한 청년으로 성장하는 모습과, 불안하고 근심 많으며 불확실하던 청춘이 안정되고 평온한 성인으로 자라는 과정을 보게 된다.

단편 〈청춘은 아름다워〉와 〈회오리바람〉은 방황하던 주인공이 청춘기와 이별하는 과정을 작가 특유의 섬세한 문체와 부드럽고 수수한 묘사로 그려내고 있다. 그래서 독자들은 주인공이 고백하고 서술하는 자연과 가족, 사랑과 우정을 통찰한 성장보고서를 읽으면서 청춘을 다시 경험하게 된다. 또한 성장기에 겪은 정체성 문제를 매우 부드럽고 자세하게 묘사하고 있으며, 문장 속 낱말들이 마치 즐겁고 아름다운 선율의 음표처럼 감미롭고 살갑게 느껴진다.

〈청춘은 아름다워〉, 아프지만 아름다운 청춘의 성장통

문제아였던 헤르만은 부모님 곁을 떠나 타지에서 공부하고 고생하면서 돈도 좀 모았고, 외국에서 일자리를 얻어 가을부터 일하게 되자 6년 만에 여름휴가 겸 집으로 돌아왔다. 자기를 아는 사람들에게 자신을 자랑하고 싶었지만, 한편으로는 타지에서 순수하지 않은 모습으로 살았던 모습을 들킬까봐 걱정한다. 다행히 부모님의 집은 아늑하고, 가족들의 사랑은 포근했다. 형제들과 삼촌과 숙모 그리고 고모할머니도 따뜻하게 환영해 준다. 고향 풍경은 목가적이며 자연은 낯설지 않다.

인근에 사는 여동생의 친구 헬레네 크루츠가 집에 종종 놀러 온다. 어려서부터 자주 보았기 때문에 헤르만도 그녀를 잘 알고 있다. 헬레네가 방문하면 그는 여동생과 함께 산책도 하고 노래도 같이 부르는데, 이제 헤르만의 눈에 헬레네는 동생이 아니라 우아하고 아름다운 여인이었다. 차츰 솟아오르는 미지의 그리움이 마음을 흔들지만, 헤르만은 헬레네에게 사랑한다는 말을 차마 하지 못한다. 그러다가 멀리 울름이라는 도시에서 여동생 로테의 친구 안나 암베르크가 찾아온다. 그녀는 이미 교사 시험에 합격했지만 교직을 맡을 생각이 없었고, 그 이유를 궁금해 하는 헤르만에게 여동생은 궁금하면 직접 물어보라고만 할 뿐이다. 안나는 아주 아름다운 외모는 아니지만 수수하고 명랑했다. 헤르만은 차츰 안나와 스스럼없이 대화를 주고받으면서 삶과 문학에 대해 이야기하고, 조심하고 공손하게 대하는 헬레네와 달리 여동생처럼 편안하게 대한다. 안나의 목소리나 말투, 사고방식에 깃든 여성스러움은 헤르만의 마음을 푸근하고 부드럽게 어루만져 준다. 헤르만은 안나와는 긴장하지 않고 편안한 마음으로 이야기를 나누면서도 좀 더 아름다운 헬레네를 보면서 행복해한다.

그러던 중 헤르만은 마을 지인에게서 헬레네가 곧 약혼할 거라는 소문을 듣고 우울해진다. 뭔가 눈치챈 아버지는 좋은 충고를 해준다. 여름이 끝나갈 무렵 다시 고향과 가족을 떠날 날이 다가온다. 아버지는 헤르만에게 조부모님이 살아오신 인생을 말해주며, 격언이 적힌 수첩을 직접 만들어 선물한다. 어머니는 아들에게 진지하게 신앙생활을 다시 회복하라는 뜻으로 좋은 말을 해준다. 헤르만은 이제 안나에게 자신의 마음을 털어놓으려 한다. 하지만 안나는 고백을 막고, '사랑하는 사람이 있고 그 사람과 이뤄질 수가 없는 상황'이라고 털어놓으며 친구로 남아달라고 부탁한다. 그때를 회상하며 헤르만은 그날의 부끄러움과 슬픔에서 자신을 구해준 안나의 정다운 배려를 고마워한다. 자기보다 더 오래되고 깊은 아픔을 가졌으면서도 밝은 모습으로 참아내던 안나의 침착한 모습 때문에 그녀를 존경한다고 고백한다.

저녁노을이 질 무렵에 헤르만은 기차를 타고 고향을 떠난다. 역까지 배웅 나온 안나와 여동생 로테는 기차가 떠날 때 손을 흔들며 작별 인사를 한다. 헤르만은 기차 차창에 기대어 고향도시를 내려다보고 기차는 고향집 앞을 지나간다. 그때 남동생 프리츠가 쏘아올린 폭죽 불빛이 환하게 비친다. 몇 주 동안 보낸 고향은 즐겁고 포근했으며, 부모님의 집

뿐 아니라 주변 환경 모두가 프리츠가 쏜 불꽃처럼 아름답고 정겹다.

헤르만은 그렇게 즐겁고 아름다운 고향의 정경과 청춘의 아픔을 떠나보냈다. 세월이 흘러 자신의 과거 성장기를 싱그러운 미소를 지으며 회상하는 것은 인생의 축복이 틀림없다. 헤르만에게 유년기, 청춘, 고향은 아프고 아름다운 성장통의 산실이었다고 해도 과언이 아닐 것이다.

〈회오리바람〉, 폭풍우 속에 사라진 유년의 기억과 풍경

'나'는 열여덟 살이 된 해에 (작가 헤르만 헤세가 그랬듯이) 작은 공장의 수습생으로 일하다가 고향을 떠난다. 그리고 고향을 등지고서야 비로소 청소년기에 즐기고 느꼈던 감정과 경험들이 얼마나 아름다운 것들이었는지 깨닫고, 그때의 일을 하나하나 기억해내려고 한다.

'나'가 고향을 떠났던 그해, 마을에 유례없는 폭풍이 불어닥친다. 일하다가 쇠끌에 왼손을 심하게 다쳐 며칠째 작업장에 나가지 않고 집에서 쉬고 있을 때였다. 그날 아침 '나'는 발길 닿는 대로 산책을 나선다. 아버지가 가꾼 정원에 들어가 나무들이 늠름하게 자란 광경도 보고, 어머니가 심은 가지각색의 꽃들도 본다. 정원에서 나비와 꿀벌, 곤충들을 관찰하면서 즐겁게 놀던 유년의 기억을 떠올린다. 정원을 나와 추억의 장소인 뒤편 언덕이며 들판을 거닌다. 풀밭에 누워 풀 냄새와 아카시아 향기를 맡고 새파란 하늘을 바라보며 생각에 잠기기도 한다. '나'의 인생과 미래를 차분히 생각할 때가 온 것이다. 하지만 생각에 몰두할 수가 없었다. 자꾸 잡념이 들고, 지금 직장을 그만두고 다른 일을 하고만 싶었다. 어딘가 다른 곳에 더 심오하고 아름답고 신비로운 뭔가가 있을 것 같았고, 그것은 사랑과 연관이 있는 듯했다. 하지만 주인공에게 사랑은 아직 문 닫힌 정원이었다.

'나'는 같은 작업장의 동료에게 방직공장에서 일하는 베르타가 자신을 좋아한다는 이야기를 듣는다. 그녀는 키도 크고 흰 피부에 금빛 곱슬머리의 아름다운 여인이다. 하지만 '나'는 베르타의 눈에서 사랑의 간절함을 읽지만, 베르타에게 사랑의 감정이 생기지 않는다. 사랑을 갈망했지만 베르타에 대해서는 아무것도 알고 싶지 않았고, 작은 고향 마을에 더는 안주하고 싶지도 않았다. 좁은 경계를 벗어나 넓은 세상으로 나가고 싶은 동경이 물결친다.

정오경에 '나'는 시냇가 방직공장 앞 공터에서 낚시를 하고, 베르타가 이름을 불러도 못 들은 척한다. 방직공장의 기계 돌아가는 소리가 시끄럽고 낚시에 집중도 안 되어 지루하기만 했다. 게다가 물비린내에 속도 메스꺼워서 자리를 거두고 일어난다. 그때 갑자기 대기가 이상해지며 방직공장 앞 공터에서 조각구름 같은 회오리바람이 빙글빙글 돌다가 치솟더니, 곧바로 광풍으로 돌변하여 주변의 모든 것을 악마처럼 쓸어버린다. 폭우와 우박이 쏟아지면서 유리창이 깨지고 기왓장이 무너져 내리고 빗물 홈통이 부서진다.

'나'는 공장 창고로 서둘러 몸을 피한다. 폭풍우를 뚫고 금발의 베르타가 달려오더니, 뜨겁게 키스를 한다. 키 큰 그녀가 두 팔로 '나'의 목을 감고 젖은 금발이 뺨을 누른다. 그야말로 우박이 섞인 폭풍이 온 세상을 뒤흔드는 동안 그녀의 '불안한 사랑의 폭풍'이 '더 깊고 사납게 나를' 덮친다. 폭풍우 속에서 파편에 맞은 건지 얼굴에서 피가 흘렀지만, 베르타는 아랑곳하지 않고 '나'에게 자신을 사랑한다고 고백해달라고 애원한다. 하지만 '나'는 감정의 폭풍에 휘말리지 않으려고 필사적으로 저항하면서 몸을 일으킨다. 싸늘한 태도를 읽은 베르타가 울지만 '나'는 여전히 베르타에게 아무런 열정이 없었고 그녀에게 청춘과 긍지를 바치고 싶지도 않아서 그런 상황이 부끄럽고 고통스러울 뿐이다. 순식간에 일어난 일이지만 마치 몇 년처럼 길게 느껴진다.

정신을 차리고 공장 창고를 벗어나 마을 골목으로 들어서자마자, 폭풍우가 몰고 온 막대한 피해가 눈에 들어온다. 엉망이 된 정원, 뿌리째 뽑혀 쓰러진 나무들, 흙더미가 쌓인 광장, 부서진 지붕과 황폐해진 골목들, 끊어진 숲. 모두가 뒤죽

박죽이었다. 파괴된 낯익던 풍경들과 흉물스럽게 변한 정겨웠던 장소를 보면서, 순간 '나'는 고향을 얼마나 사랑하는지 깨닫는다. 유년 시절부터 녹음이 짙었던 마을 전부가 텅 빈 하늘 아래 파괴되어 있었고, 교회 탑이나 체육관처럼 피해를 입지 않은 곳도 있었지만 폭풍이 지나간 후 모든 게 너무 낯설었다. 주변을 돌아다녀봤지만 아름다운 고향은 너무 큰 피해를 입어 이제 '나'와 유년 시절 사이에는 심연이 생겨난다. 이제 예전의 고향은 없었다. '나'는 고향을 떠난다.

주인공이 그해 여름 경험한 폭풍은 유년 시절의 순진하고 달콤한 기억들을 송두리째 뽑아버린 괴물이었다. 낯설게 변해버린 고향 풍경, 일에 대한 불만족, 그리고 갑작스러운 베르타의 고백 앞에서 고향을 떠날 수밖에 없었다. 베르타는 그 여름 주인공의 정체성을 뒤흔드는 폭풍이었다. 자연의 폭풍과 욕정의 폭풍이, 고향의 자연을 정겹고 아름다운 수채화로 묘사하는 순수한 '나'를 고향에서 달아나게 하고 유년 시절과 서둘러 결별하게 만든 것이다.

이제 그 시절을 회고하는 주인공에게 고향의 폭풍우는 아픔이었지만 그를 깨끗하고 순수한 사람으로 성숙하게 만들어 준 동력이었다. 누구에게나 아픔은 있고 견디기 힘든 순간도 있다. 하지만 시련을 이겨낸 사람에게 그 시절은 훗날 '아름다운 청춘'이자 성숙으로 이끄는 '폭풍'으로 기억된다.

　독일이 낳은 20세기의 대문호이며 시인이자 노벨상 수상 작가인 헤르만 헤세Hermann Hesse는 우리에게 많이 알려져 있고 실제로 우리나라에서 가장 많이 읽히는 독일 작가이기도 하다. 또 그는 독일 작가이면서도 가장 비독일적인 특성을 보여주는 작가이기도 한데, 여러 특성을 동시에 지니고 있기 때문이다. 그는 한편으로는 '독일의 내면성'을 소설들 속에서 가장 잘 표현하고 있어 독일 최후의 낭만주의자로 간주되는가 하면, 또 한편으로는 동양 정신을 많이 알고 거기에 동조해온 작가로서 일반 독일인의 눈으로 볼 때는 아웃사이더이자 비정치적인 작가이기도 했다. 그의 작품들은 전체적으로 그의 자화상이라 할 수 있으니, 여러 편의 소설과 특히 많은 시와 수필을 썼지만 그 어떤 작품도 자신의 체험과 관찰을 토대로 하지 않은 것은 거의 없었다.

아버지 요하네스는 목사이고 어머니 마리는 유서 있는 신학자 가문 출신이었다. 외조부도 신학자로 인도에 건너가서 다년간 포교에 종사하였고 어린 헤세에게 큰 영향을 주었다. 그래서 어려서부터 평화주의를 추구하였고 동양 종교에 대한 관심을 갖게 되었다. 어머니는 인도에서 태어나 독일에서 교육을 받고 인도로 돌아가 그곳에서 영국인 선교사와 결혼했다가, 남편과 사별한 후에 칼프에서 요하네스와 재혼하여 헤세를 낳았다.

헤르만 헤세는 1877년 7월 2일 독일 남부의 울창한 숲인 슈바르츠발트(흑림)가 있는 슈바벤Schwaben 지방, 즉 바덴뷔르템베르크주의 작은 도시 칼프Calw에서 태어났다. 작은 계곡이 있고 자연 경관이 매우 아름다운 이곳에서 헤세는 어린 시절을 보내면서 자연에 깊이 이끌리게 되었다. 그곳의 자연은 유년 시절부터 그에게 꿈과 예리한 관찰력, 그리고 인간과 자연의 근원에 대해 사색하도록 해 주었다. 특히 이곳을 소재로 하여 자연과 청춘을 다룬 그의 초기 작품들은 젊은 세대에게 큰 인기를 끌었다. 그리고 훗날 나이가 들어서는 보통 밀짚모자를 쓰고 뜨거운 햇볕이 쪼이는 남쪽 지방을 홀로 배회하면서 소박한 농부나 정원사가 되어, 구름과 안개와 햇빛, 산과 호수와 같은 자연을 끔찍이 사랑하면서 시와 산문을 많이 쓴 서정적인 작가가 되었다.

유년 시절의 헤르만 헤세는 상상력이 풍부했으며 음악을 좋아하고 풀, 나무, 시냇물 등 자연에 애착을 가졌으나 고집이 세고 반항심도 있었다. 그는 부모를 따라 1881년부터 스위스의 바젤Basel로 가서 살다가 1886년에 칼프로 돌아왔다. 어릴 적부터 독일과 스위스를 넘나들며 살았기에 결국 훗날 독일을 떠나 그리 어렵지 않게 스위스에 정착한다.

칼프에 돌아온 후에 헤세의 어머니는 그를 신학자로 키우기 위해서 열세 살 때인 1891년 가을에 마울브론Maulbronn 신학교에 보냈다. 그러나 헤세는 열네 살 때인 이듬해 3월 갑자기 신학교를 탈출했으며, 그 후 다시 학교로 돌아갔으나 정신적으로나 육체적으로 이미 학업을 감당할 수 없을 정도로 지쳐 있어서 결국 신학교를 포기했다. 다시 공부하려는 생각으로 1892년 11월에 칸슈타트Cannstatt의 김나지움에 1년간 다녔지만 역시 그곳의 주입식 교육과 규율, 속박을 견디지 못하고 결국 다시 그만두면서 그의 학교 교육은 끝이 났다. 짧은 학창 생활, 특히 신학교에서의 생활은 그로 하여금 학교 교육에 대해 몹시 부정적인 생각을 갖게 했다.

근본적으로는 자기주장이 강했던 그는 남보다 일찍 자신의 길을 찾아가려고 갈구했는데, 그것은 바로 시인이 되려는 것이었다.

그는 훗날 쓴 〈요약한 이력서Kurzgefaßter Lebenslauf〉(1925)에서 "내가 열세 살이 되던 해부터 한 가지 사실이 분명해졌다. 그것은 내가 시인이 되든가 그렇지 않으면 아무것도 되고 싶지 않다는 사실이었다"라고 밝혔다. 헤세는 마울브론 신학교에 만족하지 못하고 학업을 중단하고 말았지만, 그때의 체험을 나중에 소설 《수레바퀴 아래서Unterm Rad》(1906)에서 잘 묘사했다. 고향 칼프로 되돌아온 헤세는 그 일에도 만족하지 못해 얼마 후 그 도시에 있는 페로Perrot 탑시계 공장에 견습생으로 들어갔으나 1년쯤 일하다가 그만두고 열아홉 살 때 튀빙겐Tübingen시로 가서 서점 점원이 되었다.

거기에서 그는 틈나는 대로 독서할 기회를 얻어 많은 책을 읽었고 자유롭게 마음껏 사색하면서 동양의 문화와 종교에 대한 관심을 가졌다. 특히 헤세의 외가 사람들과 어머니는 이미 인도에서 선교를 하면서 기독교뿐만 아니라 불교와 노자에도 관심을 가졌기에 그 영향으로 헤세도 자연스럽게 여러 나라의 문화와 사상을 접할 수 있었다.

그 후 그는 틈나는 대로 습작을 하여 스물두 살 때 처녀시집 《낭만적인 노래Romantische Lieder》(1898)를 자비로 출판했으나 호응을 얻지 못하였다. 이듬해에 산문집 《자정 뒤의 한 시간Eine Stunde hinter Mitternacht》(1899)을 냈는데, 이 작품은 시인 릴케 등에 의해 인정을 받게 되었다.

1901년에 헤세는 첫 번째 이탈리아 여행(피렌체, 제노바, 피사, 베네치아 등)을 하고 8월부터 바젤의 바텐빌 고서점 Antiquariat Wattenwyl에서 서적 판매원으로 근무했다. 그해 가을에 《헤르만 라우셔의 유작(遺作)과 시Hinterlassene Schriften und Gedichte von Hermann Lauscher》를 발표했고, 1902년에는 어머니에게 헌정하는 《시집Gedichte》을 발표하였다.

이윽고 스물일곱 살에 《페터 카멘친트Peter Camenzind》(1904)를 출판하여 큰 명성을 얻고 본격적으로 작가 생활을 하게 되었다. 풍부한 자연 감정과 서정으로 채색된 이 소설은 시민적이고 우수(憂愁)에 찬 감정을 바탕으로 하는 자전적 소설로, 처음으로 작가로서 그의 이름을 알린 출세작이 되었다.

그해 그는 이탈리아 여행 중에 알게 된 자유 사진작가이자 피아니스트인 마리아 베르누이Maria Bernoulli와 결혼하여 독일 남서부 보덴Boden 호수 근교의 작은 마을 가이엔호펜 Gaienhofen으로 이주했다. 그녀는 그보다 아홉 살 연상이었다.

헤세는 자유 작가로 생활하면서 한편으로 여러 신문과 잡지에 기고도 하고, 그의 주요 장편소설인 《수레바퀴 아래서》(1906)와 음악가를 소재로 한 소설 《게르트루트Gertrud》(1910)를 발표했다. 《수레바퀴 아래서》는 작가 자신이 신학교 시절에 겪은 괴로운 체험이 반영되어 있는 소설로 규율과 전통에 매인 고루한 시민 사회와 싹터 오르는 소년들의 자유분방함과 창조적인 재능을 짓밟고 의무만 강요하는 비인간적인 교육제도를 비판하였다.

가이엔호펜에서 결혼생활을 하며 작품 집필에 열중하던 헤세는 자유분방한 기질이 다시 발동하여 이 생활에 싫증을 느꼈다. 부인과도 불화가 생기자 그는 1911년 서른네 살에 가족을 둔 채 인도 여행을 떠나기로 결심하고 실론(인도 남쪽의 작은 섬)과 수마트라 등지를 방문했으나, 당시 유럽의 식민지로 전락한 동양은 그가 상상하던 것과는 거리가 멀었으므로 이에 환멸을 느낀 그는 정작 인도는 여행하지 않고 곧 귀국해 버렸다.

귀국 후인 1912년에는 독일을 떠나 스위스 베른Bern에 거처를 정하고 다시 작품 집필에 몰두했다. 그리고 동방여행기《인도에서Aus Indien》(1913)를 출간하였다. 이후에 그는 연속해서 화가 부부의 파국을 다룬 소설《로스할데Rosshalde》(1914), 신작 시집《고독자의 음악Musik des Einsamen》(1915), 그리고 세 개의 단편으로 이루어진 서정적 단편집《크눌프, 그 삶의 세 가지 이야기》(1915) 및《청춘은 아름다워》(1916) 등 청춘문학의 명작들을 발표했다.

1914년에 제1차 세계대전이 발발하자 헤세는 포로가 된 독일병을 위문하기 위해 자진해서 문고와 신문을 편집하는 등 헌신적으로 일하면서 또 한편으로 반전(反戰)운동을 벌이기 시작했다. 이에 본국 독일로부터 배신자로 낙인 찍혀 탄압을 받았다. 결국 전시 봉사로 몸도 마음도 지친 그는 부친도 사망하고, 아내의 정신병이 악화된 데다, 막내아들 마르틴까지 병에 걸리자 극도로 신경이 쇠약해졌다.

이에 헤세는 1916년 봄부터 한 달 정도 스위스의 유명한 분석심리학자인 칼 구스타브 융Carl Gustav Jung의 제자인 요제프 랑Josef Bernhard Lang 박사를 찾아가 심리분석 요법으로 개인적인 치료를 받았다. 심층심리학에 대한 이야기를 나누었고, 또 스스로 그 이론을 연구하여 이를 나중에 그의 대표작이 된 소설 《데미안Demian》(1919)에 반영하며 쓰기 시작했다. 융의 꿈 이론의 영향을 받은 헤세는 자신의 꿈에서 만난 '막스 데미안'이라는 인물로 여러 소설을 구상했다.

세계대전으로 서구 정신과 사상의 한계와 몰락을 체험한 헤세는, 그동안 서구를 지켜왔던 기독교적인 사상과 그 윤리만으로는 부족함을 깨닫고 이때부터 서구 사상의 독단에서 벗어나 다른 해결의 길을 모색한다. 바로 '내면으로의 길'이며 헤세는 이 과정을 융의 정신분석 이론이 보여준 동양 사상과의 접목을 통해서 찾아가게 된다.

제1차 세계대전이 막바지에 이른 무렵인 1917년, 헤세는 안팎의 동요가 격심하던 시기에 조국 독일이 아닌 스위스 베른에서 살았다. 거기서 자신이 시련과 고뇌 속에서 깨달은 내면으로의 길을 가기 위해 창작에만 열중하여 두 달 만에 소설《데미안》을 집필, 전쟁이 끝난 후에 '에밀 싱클레어'란 익명으로 발표했다. 이 소설은 제1차 세계대전 직후 패전으로 말미암아 혼란에 빠져 있던 독일의 청년들에게 깊은 감명을 주었으며 문학계에도 큰 반향을 불러일으켰다.

1919년에는 단편소설집《작은 정원Kleiner Garten》과《동화집 Märchen》을 출간하였다. 그는 아내와 아이들을 두고 베른에서 테신Tessin주의 몬타뇰라Montagnola로 혼자 이주하여 카사 카무치Casa Camuzzi 별장에서 살기 시작하면서, 단편집《클링조어의 마지막 여름Klingsors letzter Sommer》(1920)을 출판하고 수채화를 곁들인 여행소설《방랑Wanderung》을 발표하였다. 1921년에는《시 선집Ausgewählte Gedichte》을 출간하고 또《테신에서 그린 수채화 11편Elf Aquarelle aus dem Tessin》을 발표하였다. 뒤이어 나온 소설《싯다르타》(1922)에서는 한 걸음 더 나아가 인도의 불교와 힌두교의 세계에서 자아의 절대 경지를 탐구하는 과정을 그리고자 했다.《싯다르타》는 헤세가 초기의 몽상적 경향을 탈피하고 소설의 무대를 본격적으로 동양으로 옮겨 내면의 길을 탐색한 작품이다. 이처럼 헤세는 여느 독일 작가와는 다르게 동양과 서양을 서로 배격

하지 않고 하나로 보면서 그 안에서 적극적으로 해답을 찾으려 한 작가였으므로 우리 같은 동양의 독자들에게서 많은 공감을 얻는 것이다. 헤세는 1923년에 영원히 스위스 국적을 얻은 후에 아내와 이혼하자마자 스위스 여성과 결혼했으나 얼마 안 가 또 헤어지면서 정신적, 육체적으로 매우 힘든 시간을 보냈다.

그는 여전히 자신의 내면에서 겪고 있던 고통과 좌절에 대한 감정을 소설《황야의 늑대Der Steppenwolf》(1927)에서 묘사했다. 이어서 신학자로서 지성의 세계에 사는 나르치스와 여성을 알고 애욕에 눈이 어두워져 방황하는 골드문트의 우정의 과정을 다룬《나르치스와 골드문트Narziß und Goldmund》(1930)를 출판, 다시 한 번 큰 명성을 얻었다.

1931년에 그는 만년의 대작이 되는 장편소설《유리알 유희Das Glasperlenspiel》의 집필을 시작하였다. 그리고 체르노비츠 출신의 니논 돌빈Ninon Dolbin, 1895~1966과 세 번째 결혼을 했고, 화가 친구인 한스 C. 보드머Hans Bjodmer가 지어 평생토록 살게 해준 몬타뇰라의 새 집으로 그녀와 함께 이사했다.《동방순례Die Morgenlandfahrt》(1932)를 출간했고, 단편집《작은 세계Kleine Welt》(1933)를 발표하였다.

특히 몬타뇰라의 새집으로 이사한 후에는 많은 시들을 썼는데《생명의 나무에서Vom Baum des Lebens》(1934), 전원시집

《정원에서 보낸 시간들 Stunden im Garten》(1936)을 발표하였다. 1937년에는《회고록Gedenkblätter》과《신 시집Neue Gedichte》을 발표하였다.

나치스 정권이 집권하자 그 탄압으로 독일 내에서 헤세의 작품들이 몰수되고 출판이 금지되었으므로 그의 작품들은 스위스 취리히에서 출판되었다. 1943년에 만년의 대작인 《유리알 유희Das Glasperlenspiel》가 출간되었다. 20세기의 문명 비판서라 할 수 있는 이 소설로 헤세는 작가로서의 명성을 확고하게 다졌다. 1944년에는 독일 비밀경찰이 헤세 작품을 독일에서 출판하던 출판업자 페터 주어캄프Peter Suhrkamp를 체포하였다. 그러나 헤세는 이에 굴하지 않고 이듬해인 1945년에 단편들과 동화 모음집인《꿈의 여행Traumfährte》을 취리히에서 출간하였다. 독일이 제1차, 제2차 세계대전을 치르던 가장 어려운 시기에 작품활동을 한 헤세는 양면적 고뇌를 겪으면서 독일의 상황에서 벗어나 자연에 침잠하여 조화와 이상을 추구했다. 깊은 통찰력과 감미롭고 서정적인 필치로 그는 전쟁에 의해 몰락해 가던 독일과 유럽 문명에 동양 세계와 자연 세계로의 접근을 통해 새로운 희망과 생명을 부여하려고 끊임없이 노력했던 작가였다.

제2차 세계대전이 끝나자 1946년부터 헤세는 다시 독일에서 책이 출판되었고, 독일 프랑크푸르트Frankfurt시가 주는 괴테 문학상을 수상했으며 이해 11월 14일에는 노벨 문학상을 수상하였다. 이후에도 그는 작품 활동을 계속해 1951년에는 《후기 산문집Späte Prosa》과 《서간집Briefe》을 발표하였다.

그는 계속 알프스 산간 마을 몬타뇰라에 칩거하여 스스로 경작하고 영원한 은둔주의자와 방랑자로 살면서 전원시 등 많은 작품을 계속해서 썼다. 그리고 나이가 들어가면서 점점 더 서정적으로 변하여 챙이 큰 둥근 밀짚모자를 쓰고 호미와 바구니를 든 소박한 정원사, 또는 흰 구름과 안개와 저녁노을, 산과 호수를 좋아했던 시인, 그리고 동양의 정신을 이해하고 거기에 심취했던 인물로서 세계 어느 작가보다도 우리에게 친숙하고 잘 알려진 작가가 되었다.

이처럼 서정성이 짙은 작가이면서도 또 한편으로 문명에 찌든 독일인들에게 낯설면서도 동경을 불러일으키는 동양적인 세계를 묘사하여 독일의 많은 청소년들에게 여행과 방랑과 모험, 자연에 대한 향수를 일으켰다.

헤세는 마침내 여든다섯 살이 된 1962년에 몬타뇰라의 명예시민이 되었으나, 그해 8월 9일 뇌출혈로 몬타뇰라에서 아침에 세상을 떠나 이틀 후에 성 아본디오St. Abbondio교회 묘지에 안장되었다.

헤르만 헤세 연보

1877년 7월 2일, 독일 남부 뷔르템베르크주의 작은 도시 칼프에서 태어났다.

1981년 개신교 선교사인 아버지 요하네스 헤세를 따라 바젤로 이주했다.

1883년 러시아(에스토니아) 국적이던 아버지가 바젤 시민권을, 가족은 스위스 국적을 취득했다.

1886년 7월에 가족이 다시 칼프로 돌아왔고, 헤세는 1889년까지 실업 학교를 다녔다.

1890년 2월에 신학교 시험 준비를 위해 괴핑엔의 라틴어 학교에 들어갔고, 아버지의 권유대로 스위스 국적을 포기하고 뷔르템베르크주 정부 시험에 합격했다.

1891년 7월에 슈트트가르트주 정부 시험에 우수한 성적으로 합격하고, 9월에 명문 개신교 신학교 수도원인 마울브론 기숙신학교에 입학했다.

1892년 겨울에 한 푼도 없이 입학 7개월만에 "시인이 되지 않으면 아무것도 되지 않겠다"면서 도망쳤다. 6월에 자살을 시도해서 8월까지 슈테텐 신경과 병원에 입원했다. 11월에 칸슈타트 김나지움에 입학하지만 얼마 못 가 이듬해에 결국 학업을 중단했다.

1894년 칼프의 시계 부품 공장에 수습공으로 들어갔다.

1896년 튀빙엔의 헤켄하우어 서점의 점원으로 일하며, 집필을 시작했다.

1899년 시집 《낭만적인 노래들(Romantische Lieder)》을 출간, 마리아 릴케의 인정을 받았다. 산문집 《자정 이후의 한 시간(Eine Stunde hinter Mitternacht)》도 출간했다. 바젤의 고서점 라이히로 일자리를 옮긴다.

1901년 라이히를 그만두고 오랫동안 꿈꾸던 이탈리아 여행(플로렌스, 제누아, 피사, 베네치아)을 다녀왔다.

1902년 어머니가 사망했다.

1903년 두 번째로 이탈리아(플로렌스, 베네치아)를 여행했다.

1904년 첫 장편소설 《페터 카멘친트(Peter Camenzind)》를 출간해서, 시인뿐 아니라 소설가로서도 인정받았다. 여덟 살 연상의 스위스 사진작가 마리아 베르누이(Maria Bernoulli)와 결혼해서, 보덴 호숫가의 작은 마을 가이엔호펜에서 살았다.

1905년 첫 아들 브루노(Bruno)가 태어났다.

1906년 마울브론 수도원 학교의 경험을 바탕으로 두 번째 장편소설 《수레바퀴 아래서(Unterm Rad)》를 출간했다.

1907년 단편집 《이 세상에(Diesseits)》를 출간했다. 묘비명을 "여기 시인 헤세 잠들다"라고 정하고 흡족해 했다.

1908년 단편집 《이웃들(Nachbarn)》을 출간했다.

1909년 강연 여행(취리히, 독일, 오스트리아)을 다녔으며, 빌헬름 라베를 방문했다. 둘째 아들 하이너(Heiner)가 태어났다.

1910년 《게르트루트(Gertrud)》를 출간했다.

1911년 할아버지와 부모가 선교사로 일했던 인도를 여행했다. 처음에는 동양의 첫 인상에 당황하나, 차차 불교와 명상에 관심을 가졌다. 셋째 아들 마르틴(Martin)이 태어났다.

1912년 단편집 《우회로들(Umwege)》을 출간했다. 독일을 떠나 스위스 베른으로 이주했다.

1913년 《인도에서. 인도 여행의 기록(Aus Indien. Aufzeichnungen einer indischen Reise)》을 출간했다.

1914년 《로스할데(Roβhalde)》를 출간했다. 제1차 세계대전 발발 직후 군 입대를 자원했지만 복무 부적격 판정을 받아서, 베른의 〈독일 포로 구호 기구〉에 복무하며 전쟁포로 및 억류자들을 위한 잡지를 발행했다. 직접 출판사를 차려서 1919년까지 총 22권의 소책자를 발행했다. 〈노이에 취리히 차이퉁〉에 "민족주의적 논방에 빠지지 말아야 한다"는 글을 써서 독일 언론과 문단의 극심한 공격을 받았다.

1915년 《크눌프. 그 삶의 세 가지 이야기(Knulp : Drei Geschichten aus dem Leben Knulps)》 출간했다.

1916년 아버지가 사망했다. 아내와 3살 막내아들의 병으로 인해 신경쇠약이 발병, 심리 치료를 받기 시작했다. 치료 과정의 일환으로 그림을 그리기 시작했다. 《회오리바람》, 《청춘은 아름다워》를 출간했다.

1917년 홀로 스위스 테신주 몬타뇰라로 이주, 9~10월에 걸친 3주간 《데미안. 한 젊음의 이야기(Demian. Die Geschichte einer Jugend)》을 집필했다.

1919년 정치적 유인물 《차라투스트라의 귀환. 어느 독일인이 독일 젊은이들에게 보내는 한마디(Zarathustras Wiederkehr. Ein Wort an die deutsche Jugend von einem Deutschen)》를 익명으로 출간, 이듬해 베를린에서 실명으로 재출간했다. 《데미안. 한 젊음의 이야기》를 '에밀 싱클레어'라는 가명으로 출간했다. 《동화(Marchen)》도 출간했다. 잡지 〈새로운 독일적인 것을 위하여(Vivos voco)〉의 창간호를 발행했다.

1920년 몬타뇰라로 이사해서 생활하며 《방랑(Wanderung)》, 《클링조어의 마지막 여름(Klingsors letzter Sommer)》을 출간했다.

1921년 칼 구스타프 융에게 정신분석을 받았다.

1922년 《싯다르타(Siddhartha)》를 출간했다.

1923년 마리아 베르누이와 이혼했다. 스위스 국적을 재획득했다.

1924년 루트 벵어(Ruth Wenger)와 재혼했다.

1925년 《요양객(Kurgast)》을 출간했다.

1926년 《그림책(Bilderbuch)》을 출간했다.

1927년 《뉘른베르크 여행(Die Nurnberger Reise)》, 《황야의 이리(Der Steppenwolf)》를 출간했다. 루트 벵어와 이혼했다.

1928년 《관찰(Betrachtungen)》을 출간했다.

1929년 시집 《밤의 위로(Trost der Nacht)》를 출간했다.

1930년 《나르치스와 골드문트(Narziβ und Goldmund)》를 출간했다.

1931년 니논 돌빈(Ninon Dolbin)과 재혼했다. '카사 로사'라는 대저택을 짓고 몬타뇰라에 정착했다. 토마스 만, 브레히트 등 많은 친구들이 방문했다.

1932년 《동방순례(Die Morgenlandfahrt)》를 출간했다. 《유리알 유희(Das Glas-perlenspiel)》의 집필을 시작했다.

1934년 시선집 《생명의 나무에서(Vom Baum des Lebens)》를 출간했다.

1936년 《정원에서 보낸 시간(Stunden im Garten)》을 출간했다.

1937년 《기념첩(Gedenkblatter)》을 출간했다.

1939년 헤세가 독일의 국가사회주의자들이 유대인 및 특정 작가들을 박해하는 것을 염려하는 기고문을 실었던 일로, 독일에서 제2차 세계대전 발발 후 1945년 종전까지 '헤르만 헤세 작품 출판 금지령'이 걸렸다(《수레바퀴 아래서》 《황야의 이리》 《관찰》 《나르치스와 골드문트》 인쇄 중단). 스위스 프레츠&바스뭇 출판사에서 전집을 펴냈다.

1942년 《시집(Gedichte)》을 출간했다.

1943년 《유리알 유희(Das Glasperlenspiel)》를 출간했다.

1945년 《꿈의 여행(Traumfahrte)》을 출간했다.

1946년 《유리알 유희》로 노벨문학상, 프랑크푸르트시의 괴테상을 수상했다. 《전쟁과 평화(Krieg und Frieden)》를 출간했다. 독일에서 헤세의 작품이 다시 출간되기 시작했다.

1947년 고향 칼프에서 명예시민이 되었다.

1951년 《후기 산문(Spate Prosa)》과 《서간집(Briefe)》을 출간했다.

1954년 동화 《픽토르의 변신(Piktors Verwandlungen)》, 《헤르만 헤세 - 로망 롤랑 : 서한집(Briefwechsel : Hermann Hesse-Romain Rolland)》을 출간했다.

1955년 산문집 《마법(Beschworungen)》을 출간했다.

1956년 '헤르만 헤세 상'이 제정되고, 재단이 만들어졌다.

1962년 몬타뇰라의 명예시민이 되었다. 8월 9일 뇌출혈로 쓰러져서 몬타뇰라에서 사망, 아본디오 묘지에 안치되었다.

옮긴이 김세나

한국외국어대학교 독어과와 같은 대학 통역번역대학원을 졸업했다. 국제회의통역사,
KBS 동시통역사, 엔터스코리아의 번역가로 활동하고 있다. 《소크라테스의 크리톤》,
《소크라테스의 변론》, 《발타자르 그라시안의 사람을 얻는 기술》 등을 번역했다.

옮긴이 박진권

한국외국어대학교에서 독일어를 공부했고, 독일 보쿰대학교에서 독일 문학 박사 학위
를 받았다. 한국외국어대학교에서 독일 문학과 수사학을 가르치고 있다. 《싯다르타》,
《독재자를 고발한다》, 《루터에게 가는 길》 등을 번역했다.

청춘은 아름다워
1916년 오리지널 초판본 표지디자인

초판 1쇄 펴낸 날 2023년 4월 28일

지은이   헤르만 헤세
옮긴이   김세나, 박진권
펴낸이   장영재
펴낸곳   (주)미르북컴퍼니
자회사   더스토리
전 화   02)3141-4421
팩 스   0505-333-4428
등 록   2012년 3월 16일 (제313-2012-81호)
주 소   서울시 마포구 성미산로32길 12, 2층 (우 03983)
E-mail   sanhonjinju@naver.com
카 페   cafe.naver.com/mirbookcompany
S N S   instagram.com/mirbooks